我有一只飞鸟，在春季

——艾米莉·狄更生诗歌精选

艾米莉·狄更生 著
叶秀敏 编译

中原出版传媒集团
中原传媒股份公司
大象出版社
·郑州·

图书在版编目(CIP)数据

我有一只飞鸟，在春季：艾米莉·狄更生诗歌精选／(美)艾米莉·狄更生著；叶秀敏编译.—郑州：大象出版社，2019.3

ISBN 978-7-5347-9997-6

Ⅰ.①我… Ⅱ.①艾… ②叶… Ⅲ.①诗集—美国—近代 Ⅳ.①I712.24

中国版本图书馆 CIP 数据核字(2018)第 264138 号

WO YOU YIZHI FEINIAO,ZAI CHUNJI

我有一只飞鸟，在春季

——艾米莉·狄更生诗歌精选

艾米莉·狄更生 著

叶秀敏 编译

出版人 王刘纯
责任编辑 杨 兰 王 蓓
责任校对 张迎娟
装帧设计 张 帆

出版发行 大象出版社(郑州市郑东新区祥盛街 27 号 邮政编码 450016)
发行科 0371-63863551 总编室 0371-65597936
网 址 www.daxiang.cn
印 刷 洛阳和众印刷有限公司
经 销 各地新华书店经销
开 本 890mm×1240mm 1/32
印 张 7.5
字 数 69 千字
版 次 2019 年 3 月第 1 版 2019 年 3 月第 1 次印刷
定 价 45.00 元

印厂地址 洛阳市高新区丰华路三号
邮政编码 471003 电话 0379-64606268

自 序

艾米莉·狄更生（Emily Dickinson，1830—1886），美国传奇诗人，生于律师家庭，自二十五岁起，弃绝社交，闭门不出，于孤独中写诗三十年，留下诗稿一千八百余首，但生前发表的只有七首。狄更生逝世后，亲友编选其遗诗，于19世纪末印出三集。1955年，《狄更生全集》出版，共三卷诗歌和三卷书信。狄更生的诗歌，以书写自然、生命、信仰、友谊和爱情为主，诗风凝练，意向清新，极具深度和独创性，狄更生因此被视为20世纪现代主义诗歌的先驱之一。在《西方正典》中，美国著名文学评论家哈罗德·布鲁姆先生将狄更生列入影响西方文明的二十六位核心作家之中，从而将她托举到与莎士比亚、托尔斯泰等大文豪比肩的地位。

狄更生的诗歌，国内已有许多译版，滚君这版，从自己译出的三百首狄更生诗歌中，精选八十首，分为四大主题，分别是：友谊与爱情、自然之呢喃、生死絮语、岁月点滴。这版精选集的特点，是在译诗的基础上为每首诗添了一段小注。之所以添小注，是因为在译诗之初，滚君便遇到了难题。字词简洁是狄诗的一大特点，一句话才能说清楚的意思，狄诗中往往只见一两个词。初译狄诗，滚君为猜测一两个词背后的一句话绞尽了脑汁，曾为此请教在香港教书的一位师姐，希望得到指点。师姐的先生是位外籍学者，指了一个链接（http://www.emilydickinsonpoems.org/）给滚君，通过这个链接，滚君知道一位名叫大卫·普莱斯特（David Preest）的教授为一千七百八十九首狄诗一一撰写了评注。

大卫·普莱斯特，牛津大学退休教授，在校时教授经典阅读，退休后曾翻译出版两部中世纪拉丁文经典著作。普莱斯特先生对狄更生其人其诗存有浓厚兴趣，他对狄更生的一千七百八十九首诗做了评注，并以 PDF 格式上传到网站上，供狄更生诗歌爱好者免费下载阅读。在网站上，普莱斯特先生对自己写评注的初衷做了解释，他写道："我从 1974 年开始阅读艾米莉·狄更生的诗歌，那年我第一次读到理查德·B. 西瓦尔（Richard B. Sewall）撰写的《艾米莉·狄更生传》（*The Life of Emily Dickinson*），迄今为止，这或许仍是介绍这位诗人最好的一本书。我读狄更生的诗歌，最初读的是托马斯·H. 约翰逊（Thomas H. Johnson）于 1970 年编辑的《艾米莉 · 狄更生诗歌全集》，后来又读了 R. W. 富兰克林于 1999 年编辑的《艾米莉 · 狄更生诗歌集》，同时，我还阅读了与她生平及诗歌有关的书籍，并注意到这些文献中存有一个缺口，那就是无人撰写一部评注，为她的每一首诗做简短注释。我的这份导读，初衷就是要弥补这个缺口。在撰写这份评注的过程中，我参考了前辈学者的著作，对最初存在于她与友人来往书信中的许多诗歌做了背景解读，并在必要时写下了我本人对诗句意思的猜想……正如艾米莉本人在写给其嫂（即滚君小注中常提到的苏）的一封信中所言：若在生活中停止猜测，你我都将不自在。”

普莱斯特先生的评注，不仅引述了原诗所在书信的相关内容（狄更生的许多诗最初存在于写给友人的信中，知悉书信内容，对了解诗歌创作背景，理解诗句均大有裨益），亦引述了研究狄更生的学者对诗句内容的不同解读，同时还包含了曾经在牛津大学教授经典阅读的普先生本人对诗句的解读。滚君认为，在译诗过程中，若能认真参考这份评注，译者无疑将获益良多。对滚君而言，帮助最大的是评注对诗中《圣经》相关内容的详解。滚君不是基督徒，若非参考评注，诗中的一些引用完全不得其解。受英文评注的启发，滚君亦为每首译诗附了小注，一来根据普先生的评注，对诗中较晦涩的部分进行注释，帮助读者更贴切地理解诗句，二来记录下自己的读诗感受，与读者分享。每一段“滚君小注”中提及的“英文注解”或“英文注释”，皆指普莱斯特先生撰写的评注。

另，滚君的这本译诗精选集，英文原文参考的是美国贝克湾出版社（Back Bay Books）出版的《艾米莉·狄更生诗歌全集》（*The Complete Poems of Emily Dickinson*），这版的英文诗保留了狄诗原作中的连接符。狄诗因诗风凝练、言简意赅、语言创新而别具一格，这些连接符的作用多为强调、突出或增强语气，令表达更加简洁有力，个人风格更加鲜明，虽然许多表达并不合常规。译诗从中文表达的角度出发，去掉了连接符，代之以逗号，一来是起替代作用，但更多的是明确、鲜明地传递诗人的原意，令她别具一格的语言风格在汉字语境中得到保留。

滚君于 2016 年出版过一本《莎士比亚十四行诗选读》，是滚君对四十首莎氏（指莎士比亚）十四行诗的新译和读诗体会。与莎氏十四行诗蕾丝般的华丽相比，狄诗仿佛幽潭里的水草，阳光映照到水底，方见其永恒的青碧与舒展的妩媚。狄更生博物馆官网（https://www.emilydickinsonmuseum.org/about_emily_dickinson）首页上有这样一段文字：

This was a Poet—

It is That

Distills amazing sense

From Ordinary Meanings

滚君译：

她是这样一位诗人

自平凡中

提炼令人惊诧的领悟

滚君的计划，是用几年时间将狄更生的诗歌全集译出。如今，第一个三百首的翻译和小注撰写已完成，此次精选出的八十首译诗皆选自这三百首，并特意多选了些篇幅较长的诗。国内读者较为熟悉的是狄更生的短诗，但在滚君看来，她那些稍长的诗亦写得十分精妙，只是大多数译者在译的过程中译了句子，丢了诗意。译诗并撰写小注的过程，其实是个深度阅读学习并精雕细琢的过程。滚君喜爱的美国大诗人罗伯特·弗罗斯特说过：诗歌是不能翻译的，因为诗歌在翻译过程中失去了诗意。滚君的译诗，与其他译者的一大区别在于：注重在汉译中还原原诗的意境、节奏和美感，即还原诗意。但诗意的还原，需要在字词初译的基础上，通过精雕细琢，即进一步的创作来完成。“精雕细琢”不过四个字，“创作”不过两个字，但实践起来却要耗去许多时间、精力、耐心和毅力，当然，回报亦是无价的。于静默时光中读不朽的诗作，读封藏于时光的美，用另一种语言传递诗人的心声与诗意，是何等的殊荣！与经典诗句相伴，跟随名校经典阅读导师的脚步去到诗人的远方，聆听她对大自然的真挚赞美、对生与死的感叹、对友谊与爱情的领悟、对生活点滴的深刻思考，于滚滚红尘中，这是何其美好的一件事！

叶秀敏

序

非马

自从20世纪的70年代初，我在美国完成了学业并开始工作以后，利用余暇为台湾的《笠诗刊》定期译介现当代英美诗，狄更生便成为我喜爱的诗人之一。她的诗短而抒情，感情与意象密切结合，耐人寻味。更令我欣赏的，是她在一首题为《我籍籍无名，你呢》的诗里所表达的那种远离名利沼泽的人生态度。这样的诗人所写出来的诗多半不会肉麻媚俗，我们可以放心赏读。

相对于写诗又译诗的我来说，不写诗的秀敏，在翻译工作上可能比我更客观。我读她的译稿时发现，狄更生一首题为《两个泳者在甲板上搏斗》的诗被收进我编译的《让盛宴开始——我喜爱的英文诗》（台湾书林出版公司，1999年6月），却被她译成诗意绝然不同的《两位落水者攀着桅杆，搏生机》。经过反复讨论，并读了她所引用的对这首诗的注解，我不得不佩服秀敏把翻译当成做学术研究的认真态度。这样翻译出来的东西，无疑会让读者更了解原诗创作的背景。虽然我一向认为，一首有多重意义的诗会带给读者更丰富的回味与感受，如果作者把一切都交代得清清楚楚，它可能是一篇好散文、一个好故事，但不会是一篇回肠荡气、耐人咀嚼的好小说，更不可能是一首好诗。作为好诗人的狄更生，一定深明此理。如果她真如注解中所说的意思，她大可清楚地说出。这也是我译诗时一般都尽量保持原文的结构，而不去为作者加油添醋，做多余解释的原因。

秀敏也曾提过："国内前一段会聚了顶级译者、诗人并联袂美国狄更生学者来译她的诗，目的就是想还原她诗歌的本义，我读过几首，意思是到了，诗意丢了。"我相信有这种认识的她，必能保持平衡，做出最好的选择与取舍，尽量把狄更生的诗精彩地带给读者。

2018 年端午节于芝加哥

夏日里所有的雏菊

卢晓梅

去岁冬日，钱塘江畔初见秀敏。前一分钟还嘻嘻哈哈，后一分钟讲到狄更生，她竟然哽咽，仿佛是谈到一个骨血相亲的人："我真替她不甘。"一时默然。狄更生一生写下一千七百余首诗，生前出版的不到十首，而且都是匿名。她也曾给出版社投过稿，甚至还忐忑不安地征询过作家友人的意见，终究无人识珠，就连她视若珍宝的好友苏也未曾给予任何慰藉，反而是在狄更生过世之后，与狄的妹妹维妮卷入版权之争，弄得一地鸡毛。

原以为只有写小说才会入戏，想不到译诗也能与原著人如此魂魄合一，动情之处，一样热泪盈面。早在美国的时候，我曾附庸风雅地买过一本原版狄更生诗选，读了几首，也未搔到痒处。偶在六根公众号上读到秀敏的译诗，轻盈流利，再返过去读英文原诗，原先隔着的那一道藩篱，被她轻轻一拨就拆除了，竟然喜欢上了狄更生。我见到秀敏的时候还有些恍惚，问她："真弄不明白是你把狄小姐（指艾米莉·狄更生）的诗翻译成了中文，还是狄小姐把你的诗翻译成了英文。"比如那首《一位妹妹住在家里》，最末的那一段（全诗见文末），秀敏这样译：

我挥去露水
却留下清晨
我选择这颗星
自漫天的星辰
苏，我心永恒！

秀敏大笔一挥，把"Sue–forevermore!"译成"苏，我心永恒！"，简直要让人疑心狄小姐看过《泰坦尼克号》了。这首诗虽然是写给苏的，但这样的句子可以直接拿去给电影作插曲了。狄诗给我最大的感受就是轻盈、简洁、充满少年的活力与深情，秀敏的译诗准确地把握了这一点。她翻译过莎士比亚的诗歌，比较两者，秀敏自己也感叹："与莎氏十四行诗蕾丝般的华丽相比，狄诗仿佛幽潭里的水草，阳光映照到水底，方见其永恒的青碧与舒展的妩媚。"

我总以为能译出莎氏十四行诗和狄更生诗歌的人，应该是文静风雅的、有事儿没事儿戴一副金丝镶边眼镜的人。秀敏为人大大咧咧，还给自己取了个卡通一样的笔名叫"滚君”。她平素蛮好说话，但若论及狄小姐译作，不管对方来头多大，却是寸土不让的。如今想起来，译诗真不是英文底子厚就可以揽的活，它要求的是意境与韵律的还原，更苛刻的是，这种还原是在一个完全不同的语言体系里完成的，相当于再创作。秀敏曾经说过：“我倾尽全力所要做的，无非就是让我的译作更像一首诗。”在《常常，树林呈现一片粉》里面，原诗前三句都以“Frequently”起首，秀敏最初把“Frequently”译成“频繁地”，定稿的时候改成了“常常”，在汉语的语境似乎要柔软一些，一唱三叹的萦绕中，更有韵律感。再比如《龙胆草将毛边织起》，把“A brief, but patient illness”里的“patient”翻译成“缠绵”，真是细微之处见苦心。还有一首《我品尝未经酿造的酒》，最末两句是“To see the little Tippler/Leaning against the–sun–”，秀敏译成“看这小小的酒鬼/斜依，一枚艳阳”。汉诗的韵味竟然比原诗还要灵动。狄小姐喜欢在诗里用破折号，情感热烈，但绝不拖泥带水。可偏偏在汉诗里，通篇的破折号似乎有点影响语境，秀敏四两拨千斤，把破折号译成逗号，虽然情感热度稍稍降低了一些，但已经最大程度地保留了原作的诗风。*I felt a funeral*，*in my brain* 大概要算比较难译的一首，字字句句，都是狄小姐痛苦挣扎到极点的宣泄，让人战栗不已，原本以为译成汉语会和缓些，没料到秀敏毫不手软，《我感觉脑海里，在举行一场葬礼》读完，好像自己也跟着诗句，从高空坠落，撞向另一个世界，知觉全无。

秀敏为每一首译诗添了小注，大都是她在翻译时的一些感怀，小注里的她亦如读者一般，时而沉溺在狄小姐的诗意王国里，时而又为狄小姐的命运扼腕。比如译完那首情诗《对我生疑！那隐约的伴侣！》之后，大概是被狄小姐的激情灼伤了，她在小注里叹："滚君是个性情偏冷的人，狄小姐这首情诗炽烈，一句句译下来，将滚君烤得晕晕然，颇有些无措，揣度着她这样一个理智多于情感的人，怎么可以这样情烈似火？那'斜倚，一枚艳阳'的天真女子，到底是怎样在时光中行走，最终将心意收起，将自己与世俗隔离？读她的诗句和她信中的只言片语，滚君常常于不经意间，读到她那颗无处安放的心。"寥寥数语，并不打扰读者对原诗的阅读，反添一丝生动的烟火气，仿佛狄小姐血肉重生。秀敏不喜欢对一首诗寻根究底，只是轻描淡写地交代几句，有的时候，她会告诉你，某首诗写完了，压在狄小姐的箱底，从未寄出，或者是狄小姐在寄出这首诗给友人的时候，顺便还附上了一朵小花。每次读到这些，总是惆怅，觉得那些诗句都沾了狄小姐的衣袖香。秀敏高兴起来，自然也会对读者点拨几句。《龙胆草将毛边织起》是我非常钟爱的一首诗，但对诗中提及的"一场短暂又缠绵的疾病"稍稍有点不解，读了秀敏的小注才恍然悟出，原来狄小姐在此诗里，是同蜜蜂与刺歌雀一起，为得了"一场短暂又缠绵的疾病"而离去的夏天举办的一场葬礼！想想狄小姐幽居深闺，看似拒人千里之外，却童心烂漫，真是令人爱怜。

秀敏已经翻译了差不多三百首狄诗了，想想她白天被柴米油盐牵绊，工作里要应付的事务，无奈且沉重。夜深人静，灯下译诗，案头那盆水养薄荷恣意伸展，诗之甘泉愈发甜美。诗歌是降临在现世里的精灵，好像那些纯洁的水鸟，羽翼掠过深沉的大海，亦如狄小姐笔下的雏菊，如“无数双仙履踮起/向天堂飞去”。雏菊代表生命的复苏与爱，秀敏说她最终的目标是译完狄更生的诗歌全集。到那个时候，夏日里所有的雏菊都会盛开。

戊戌夏于苏州

附：

一位妹妹住在家里

一位妹妹住在家里
一位妹妹隔着篱
家谱只将一位记载

但两位，都是我至亲

一位，追随我来时路
身上着我，旧时衣
另一位翩然如飞鸟
她的巢，联系我们的心

她的歌唱，与我们迥异
那是一首，不同的曲
她是一段，自我的旋律
如大黄蜂，轻舞在六月里

少年时代早已远去
但漫步在山冈
她的手，我握得更紧
所有的距离，因此消弭

她哼的小曲
岁月中悠扬
蝴蝶依然，为之倾心
她的双眼
紫罗兰光灿
多少个五月，为之沉溺

我挥去露水
却留下清晨
我选择这颗星
自漫天的星辰
苏，我心永恒！

One Sister have I in our house,
And one, a hedge away.
There's only one recorded,
But both belong to me.

One came the road that I came—
And wore my last year's gown—
The other, as a bird her nest,
Builded our hearts among.

She did not sing as we did—
It was a different tune—
Herself to her a music
As Bumble bee of June.

Today is far from Childhood—
But up and down the hills
I held her hand the tighter—
Which shortened all the miles—

And still her hum
The years among,
Deceives the Butterfly;
Still in her Eye
The Violets lie
Mouldered this many May.

I spilt the dew—
But took the morn—
I chose this single star
From out the wide night's numbers—
Sue—forevermore!

目 录

友谊与爱情

自然之呢喃

生死絮语

岁月点滴

友谊与爱情

我有一只飞鸟，在春季

我有一只飞鸟，在春季
春天诱它欢歌
它，为我欢鸣
当夏日渐近
当玫瑰隐隐
知更鸟飞去，无踪影

我并不苦恼
因为我的飞鸟
虽飞离
却隔海
为我习新曲

它将，归依

依偎更可靠的手
盘桓更真诚的土地
是我的至亲
此刻，虽远离
告诉我，疑惑的心
他们，属于你

于更静谧的光明
在更灿烂的光里
我见
每个微小的疑惑和畏惧
每个微渺的乱音
消弭

那时，我将不再苦恼
心知我的飞鸟
虽飞离
却在遥远树荫
为我欢鸣
它将，归依

滚君小注：

这首诗，附在狄小姐于1884年9月写给其挚友苏小姐的一封信中。彼时，苏已与狄小姐的兄长奥斯丁订婚，不能再与狄小姐维系炽热的友谊，失望的狄小姐在信的开头写道：“苏，你去留自便，选择只有一个。你我近来分歧颇多，这必须是最后一次。”在这封信的结尾，狄小姐说：“这一路走来，我们甚是愉悦，或许已经到了分手的路口，那么，就让我们唱着歌，擦身而过。苏，那遥远的山路，我将继续前行。”文末，狄小姐附了这首诗。

I have a Bird in spring
Which for myself doth sing—
The spring decoys.
And as the summer nears—
And as the Rose appears,
Robin is gone.

Yet do I not repine
Knowing that Bird of mine
Though flown—
Learneth beyond the sea
Melody new for me
And will return.

Fast in a safer hand
Held in a truer Land
Are mine—
And though they now depart,

Tell I my doubting heart
They' re thine.

In a serener Bright,
In a more golden light
I see
Each little doubt and fear,
Each little discord here
Removed.

Then will I not repine,
Knowing that Bird of mine
Though flown
Shall in a distant tree
Bright melody for me
Return.

我遵守了誓言

我遵守了誓言

主，未将我召唤

死神并未注意到我

我携一枝玫瑰，来访

我将誓言再说一遍

以每一只神圣蜜蜂的名义

以山坡上招展的，雏菊的名义

以小径上，刺歌雀的名义

花儿和我

她的誓言和我的

终将再次，来到这里

滚君小注：

狄小姐与“花儿”曾有盟誓，但不幸的是，“花儿”早逝。某日，狄小姐携一枝玫瑰来吊唁她，还写了首诗，凭自然界中自己视为神圣的三样东西再次发誓，许诺自己与“花儿”将再相聚。滚君读这首悼亡诗，不觉悲苦，但觉清新的风迎面拂来，山坡上雏菊招展，蜜蜂于阳光下嗡鸣。

I keep my pledge.

I was not called—

Death did not notice me.

I bring my Rose.

I plight again,

By every sainted Bee—

By Daisy called from hillside—

by Bobolink from lane.

Blossom and I—

Her oath, and mine—

Will surely come again.

在池塘结冰前

在池塘结冰前
在滑冰者动身前
或暮色中的标记
被雪光暗淡前

在田野空旷前
在圣诞来临前
奇迹接二连三地
将来到我身边！

我们将轻抚怎样的裙边
若时间还在夏天
那是怎样的漫步
距离，只在一桥之间

那声音如是吟唱，如是言说

但此地，并无回响

那盈满我泪水的外衣

是否，将予我回应？

滚君小注：

英文注解上说，在冬天到来之前，在圣诞来临之前，狄小姐心心念念的奇迹，是她的挚友苏将要归来。苏是狄小姐少女时代的挚友，后来嫁给她的哥哥奥斯丁。

Before the ice is in the pools—

Before the skaters go,

Or any check at nightfall

Is tarnished by the snow—

Before the fields have finished,

Before the Christmas tree,
Wonder upon wonder
Will arrive to me!

What we touch the hems of
On a summer's day—
What is only walking
Just a bridge away—

That which sings so—speaks so—
When there's no one here—
Will the frock I wept in
Answer me to wear?

有另一片天空

有另一片天空
永远宁静美丽
有另一片阳光
虽然也有乌云
何须在意消逝的森林，奥斯丁
何须在意旷野的寂静
这里有一小片森林
林叶，恒久长青
这里，花园更明丽
寒霜永无踪影
于永不凋敝的花荫
我听见蜜蜂欢语：
来吧，我的兄弟
请来到我的花园里！

滚君小注：

1851年6月，狄小姐的兄长奥斯丁在波士顿找了份教师的工作，狄小姐与兄长亲厚，曾写给兄长许多信。同年10月17日，狄小姐在给兄长的信中抱怨阿默斯特天气阴郁，田野见了霜，树上残叶阑珊，但又说："我想，你回来的时候，天空将不再眉头紧锁！她将展露笑颜，一派欢喜，那必是阳光灿烂的一天……"这首诗，便附在这段诗意的文字之后。滚君以为，写信是件奢侈的事，若再将信写得诗意盎然，那就是十分奢侈了。

There is another sky,

Ever serene and fair,

And there is another sunshine,

Though it be darkness there;

Never mind faded forests, Austin,

Never mind silent fields—

Here is a little forest,

Whose leaf is ever green;

Here is a brighter garden,

Where not a frost has been;

In its unfading flowers

I hear the bright bee hum;

Prithee, my brother,

Into my garden come!

不信任龙胆草

不信任龙胆草

我转身离去，

她的叶簌簌颤动

怪我背信弃义

我已厌倦渴望

我将欢歌远行

冰雹不能阻我

风雪，我亦无惧

草地如幻影飞逝

蜜蜂气喘吁吁

沙漠中小溪潺潺

垂死的耳，不能清静

塔尖于暮色里焚燃

紧闭的眼，怎能看清

天堂遥遥千万里

凡尘之手，怎能及？

滚君小注：

英文注解上说，不能企及的天堂，指狄小姐的挚友苏小姐。第二段的四个画面，无一不无奈，所求皆不能得，苏一直在躲避狄小姐。滚君以为，美好的人或物，总是令人心生爱慕，但痴缠不能得到的东西，或许于他人是负担，于自己是痛苦。但也未必，追求的过程或许亦令人痴迷。

Distrustful of the Gentian—

And just to turn away,

The fluttering of her fringes
Child my perfidy—
Weary for my——
I will singing go—
I shall not feel the sleet—then—
I shall not fear the snow.

Flees so the phantom meadow
Before the breathless Bee—
So bubble brooks in deserts
On Ears that dying lie—
Burn so the Evening Spires
To Eyes that Closing go—
Hangs so distant Heaven—
To a hand below.

雏菊温柔地追随太阳

雏菊温柔地追随太阳
当他结束漫步，收起金灿
她羞涩地，坐到他足旁
他醒来，发现花儿未离去
掠夺者，为何你在这里？
先生，因为爱情甜蜜！

我们是花，您是太阳！
请原谅，当暮色起
我们悄悄靠近您！
离去的西天，令人眷恋
宁静，逃离，紫晶
夜之可能性！

滚君小注：

在狄小姐写给塞缪尔·鲍尔斯［新英格兰地区最有影响力的报纸《斯普林菲尔德共和党人》（*Springfield Republican*）的主编，狄小姐心仪之人］的信中，她将这位先生比作“太阳”，将自己比为“雏菊”。这首诗，不知鲍先生是否有缘读到，狄小姐的爱慕之情溢于言表，而最后一句“夜之可能性”，则带了些粉色的暧昧。滚君读着这首诗，陷入狄小姐的旖旎情思，但想到鲍先生是位有妇之夫，也只能发出一声叹息。

The Daisy follows soft the Sun—

And when his golden walk is done—

Sits shyly at his feet—

He—waking—finds the flower there—

Wherefore—Marauder—art thou here?

Because, Sir, love is sweet!

We are the Flower—Thou the Sun!

Forgive us, if as days decline—

We nearer steal to Thee!

Enamored of the parting West—

The peace—the flight—the Amethyst—

Night's possibility!

愿我，是你的夏

愿我，是你的夏

当夏日飞离！

愿我仍是你的乐章，当夜莺

与黄鹂，不再歌唱！

为你盛放，我将掠过死亡

荡起桨，将我的花送往！

请收下我

银莲花

你的花，地久天长！

滚君小注：

滚君以为，这首是“完全狄更生”风格的情诗，唯她能将情诗写成这样，清新又炽烈，简单又深情，还带着些说不清道不明的小黑暗。这一首诗，读来感觉有阴影掠过，她承诺只为爱人盛放，即便爱人逝去，她亦要掠过死亡之海，将自己送到爱人身旁。银莲花的花语，仿佛是“你爱的人不爱你”。滚君读这样的花语，心中有些悲哀。

Summer for thee，grant I may be
When Summer days are flown!
Thy music still, when Whippoorwill
And Oriole—are done!

For thee to bloom，I’ll skip the tomb
And row my blossoms o’er!
Pray gather me—
Anemone—
Thy flower—forevermore!

有一个词

有一个词

配了剑一柄

可刺伤盔甲之兵

它抛出带刺音节

尔后，重归静寂

但在它坠落之地

当爱国日来临

获救者将说

有位佩肩章的兄弟

已停止呼吸

不论疲惫的太阳奔去何地

不论时光流连在哪里

它的开始悄无声息
它的胜利，是定局！
看那最敏捷的神枪手！
看那最完美的一击！
时间有个至高目的
就是，将一个人“忘记”！

滚君小注：

英文注解上说，这首诗，狄小姐亦抄送了一首给苏小姐。狄小姐常抱怨，说她等苏小姐给她写信等得望眼欲穿……滚君心想，苏小姐读着这诗，会不会有一丝丝自责呢？狄小姐对她的依赖，似乎不是一星半点。

There is a word
Which bears a sword
Can pierce an armed man—
It hurls its barbed syllables
And is mute again—

But where it fell
The saved will tell
On patriotic day,
Some epauletted Brother
Gave his breath away.

Wherever runs the breathless sun—
Wherever roams the day—
There is its noiseless onset—
There is its victory!
Behold the keenest marksman!
The most accomplished shot!
Time's sublimest target
Is a soul "forgot!"

两位落水者攀着桅杆，搏生机

两位落水者攀着桅杆，搏生机

直到朝阳升起

一人微笑着，游向陆地

哦上帝！另一人！

偏离航道的船，途经

见一张脸

水上行

死寂的眼，仍乞求救命

恳求的双手，高举！

滚君小注：

这首诗，附在狄小姐致某位朋友的一封信中，曾引来猜测，说是狄小姐在呼唤无回应的“爱”。遇到这类寓意深刻又不明所以的诗，滚君基本上不胡乱猜测，做一名安静的译者便好，只是，滚君有些震惊于第二段呈现的画面，那是赤裸裸的“黑暗与恐怖”，但狄小姐本尊就是个丰富的多面体，集光明、黑暗、小清新、重口味、柔弱、强悍于一体。修改这首诗时，滚君想到了白朗宁夫人的几句十四行：

全世界的面目，我想，忽然改变了
自从我第一次，在心灵上听到你的步子
轻轻，轻轻，来到我身旁
穿过我和死亡的边缘：那幽微的间隙
站在那里的我，只道这一回该倒下了
却不料被爱救起
还教给一曲，生命的新歌

都是才华横溢的女子，但白朗宁夫人书写的是爱之希望，狄小姐赋的是爱之绝笔。

Two swimmers wrestled on the spar—

Until the morning sun—

When One—turned smiling to the land—

Oh God! the Other One!

The stray ships—passing—

Spied a face—

Upon the waters borne—

With eyes in death—still begging raised—

And hands—beseeching—thrown!

我的眼，比我的瓶更满溢

我的眼，比我的瓶更满溢

瓶中的负载，是露滴

但是，我心之负重，超越眼中的泪

东印度和你，皆是原因！

滚君小注：

委婉地诉说心曲，是狄小姐诗歌的特色，这样的诗，滚君读来，感觉余韵悠长。东印度是狄小姐从未抵达的远方，“你”大概是与她无缘之人。

My Eye is fuller than my vase—

Her Cargo—is of Dew—

And still—my Heart—my Eye outweighs—

East India—for you!

我不敢与朋友稍离

我不敢与朋友稍离

因为，因为如果他逝去

我缺席，太迟才抵

需要我的那颗心

若我，令那双眼失望

它们曾寻寻觅觅，寻寻觅觅，为见我

不忍合上，直到

“望见”我的影，望见我的影

若我，刺伤那份耐心
它曾坚信我将到场，坚信我将到场
它倾听着，倾听着睡去
将我迟到的名，低语

我的心，将希望自己早已碎去
因为到那时才碎，因为到那时才碎
将无益，当翌日的太阳升起
当午夜的雾，散去！

滚君小注：

在这首诗中，狄小姐再次重申了自己的观点，即友人往生时，自己有责任陪伴在侧，如果自己不能在场，那最好能提前心碎，因为那颗破碎的心，或许还能有些用处。这诗中的一唱三叹，在滚君听来，余韵悠长。

I should not dare to leave my friend,
Because—because if he should die
While I was gone—and I—too late—
Should reach the Heart that wanted me—

If I should disappoint the eyes
That hunted—hunted so—to see—
And could not bear to shut until
They "noticed" me—they noticed me—

If I should stab the patient faith
So sure I'd come—so sure I'd come—
It listening—listening—went to sleep—
Telling my tardy name—

My Heart would wish it broke before—
Since breaking then—since breaking then—
Were useless as next morning's sun—
Where midnight frosts—had lain!

绞杀你的香脂草

绞杀你的香脂草，尽管它的香气将你护佑
裸呈你的茉莉，给风暴
她将摇曳最迷人的香
诱惑你，于夏之夜晚

刺死那只鸟，尽管她在你心上筑巢
哦，你可听见，她最后的吟唱
喋喋不休“原谅”，喋喋不休“更好的人将出现”
“为他欢歌，当我离场！”

滚君小注：

读狄小姐的这首情诗，感觉有些小心痛。“刺死那只鸟，尽管她在你心上筑巢”……滚君私下里以为，“筑巢”或许是狄小姐的幻觉，那人心上，或许并没有那样的一只“巢”。

Kill your Balm—and its Odors bless you—
Bare your Jessamine—to the storm—
And she will fling her maddest perfume—
Haply—your Summer night to Charm—

Stab the Bird—that built in your bosom—
Oh, could you catch her last Refrain—
Bubble! "Forgive"—"Some better"—Bubble!
"Carol for Him—when I am gone"!

啊，月亮和星星！

啊，月亮和星星！
我们相去千万里
但若无人

在更远的距离
你们是否认为
天涯或咫尺，或任何距离
能阻我前去？

我将借来
云雀的冠
岩羚羊的银蹄
和一双马镫
只为与你们相伴，今夕！

但是，月亮和星星
虽然我们，相去万里
却有一人，在更远之地
他与我，何止隔一苍穹
所以我，永不能去！

滚君小注：

狄小姐这首诗，读来是另一番“明月千里寄相思”的况味，前两段是信心满满、兴致勃勃地要借了云雀的冠、岩羚羊的足去追星揽月，第三段却是笔锋一转，写与所思之人相隔不止一苍穹，所以相见无期。滚君读到结尾，原本随狄小姐恣意于星光明月间的那颗心突然跌到了谷底。

Ah，Moon—and Star!

You are very far—

But were no one

Farther than you—

Do you think I'd stop

For a Firmament—

Or a Cubit—or so?

I could borrow a Bonnet

Of the Lark—

And a Chamois' Silver Boot—

And a stirrup of an Antelope—

And be with you—Tonight!

But，Moon，and Star，
Though you' re very far—
There is one—farther than you—
He—is more than a firmament—from Me—
So I can never go!

为见他，我该拿什么换?

为见他，我该拿什么换?
我愿付出，我愿付出生命，当然
但那还不够!
等一分钟，让我想想!
我愿以最大的那只刺歌雀换!

你可以得到两样：他，和生机盎然！
你可知“六月”是谁？
我愿赠她
桑给巴尔岛上一整天的玫瑰
丛丛的百合，幽井般细长
蜂群，数百米的壮观
蝴蝶舰队驶过的
海峡般漫长的蓝
还有幽谷，报春花在那里盛放

我拥有“股份”，在樱草花的“银行”
我拥有水仙的嫁妆，沁人的香
我的辖域，似露水漫漫，
探险的蜜蜂，携来袋袋金币
自沧海茫茫
还有来自秘鲁的，紫色梦幻

现在，我可有资格将它买下？

“夏洛克？”怎样！

与我签一份契约！

“我发誓偿付

这位立誓者

许她一小时，凝望她的王！”

这令人狂喜的协议！

这吝啬的恩典！

这幸福，值得我倾国相换！

滚君小注：

英文注解上说，若这首诗确实是写给鲍先生，并真的送到了他手中，狄小姐诗句字词的奢华和态度的大胆直白，必然令鲍先生失笑。滚君读这首诗，仿佛是读着狄小姐的心声——将自己低到尘埃里，将心仪之人视为王，愿倾尽所有，换一小时的凝望……这首诗至真至美。诗歌之所以美好，亦是因为它有助于升华庸碌者的情怀，比如滚君此刻，读着狄小姐的心意，暂时忘却了世俗里的计较。

What would I give to see his face?

I'd give—I'd give my life—of course—

But that is not enough!

Stop just a minute—let me think!

I'd give my biggest Bobolink!

That makes two—Him—and Life!

You know who "June" is—

I'd give her—

Roses a day from Zanzibar—

And Lily tubes—like Wells—

Bees—by the furlong—

Straits of Blue

Navies of Butterflies—sailed thro'—

And dappled Cowslip Dells—

Then I have "shares" in Primrose "Banks"—

Daffodil Dowries—spicy "Stocks"—

Dominions—broad as Dew—

Bags of Doubloons—adventurous Bees
Brought me—from firmamental seas—
And Purple—from Peru—

Now—have I bought it—
"Shylock"? Say!
Sign me the Bond!
"I vow to pay
To Her—who pledges this—
One hour—of her Sovereign's face"!
Ecstatic Contract!
Niggard Grace!
My Kingdom's worth of Bliss!

疯狂的夜！

疯狂的夜！疯狂的夜！
如果我与你一起
疯狂的夜，将是
你我的奢靡

如果心，在港湾栖息
风，将无能为力
指南针失去作用
航海图丧失意义！

在伊甸园游弋！
哦！汪洋无尽！
愿今夜的我
泊舟于你！

滚君小注：

有学者说，这首诗表达了狄小姐对耶稣和天堂的渴望。滚君以为，从激情满溢的字里行间看，这样的解读不太经得起推敲。这首诗共三段，滚君读完只觉心旌神驰，这明明是首销魂的情诗。

Wild Nights—Wild Nights!

Were I with thee,

Wild Nights should be

Our luxury!

Futile–the winds—

To a heart in port—

Done with the compass—

Done with the chart!

Rowing in Eden—

Ah，the sea!

Might I but moor – Tonight

In Thee!

你知道，我看不见你的一生

你知道，我看不见你的一生
我必须，猜想
今天，请坦白，多少次，它为我神伤
多少次，因我远离
勇敢的眼，蒙翳
但猜测，令人心伤
我的眼，这般黯然！

太过模糊，那脸庞
我的眼，耐心如斯，将它凝望
太过遥远，那力量
我的羞怯，将它痴缠
它徘徊，我心上
似她变幻的颜

挑逗我的渴望

唯相见，才能心安！

滚君小注：

被狄小姐百转千回的情怀熏陶着，滚君对“一往情深”四个字又有了新的领悟。最后一句译诗“唯相见，才能心安”，“相见”二字，原诗里并无对应字眼，因为狄小姐将它略去了，但滚君以为，译出的中文，应该更有助于读者理解狄小姐的委婉情思。

You see I cannot see—your lifetime—

I must guess—

How many times it ache for me—today—Confess—

How many times for my far sake

The brave eyes film—

But I guess guessing hurts—

Mine—got so dim!

Too vague—the face—

My own—so patient—covers—

Too far—the strength—

My timidness enfolds—

Haunting the Heart—

Like her translated faces—

Teasing the want—

It—only—can suffice!

若此刻，我迷失

若此刻，我迷失

曾经的心有所依

仍将予我狂喜

碧玉之门，开启

绚烂，骤临

我尴尬专注的脸上

停着天使温柔的凝视

他们轻抚我以羽翼

仿佛，真的在意

你知道此刻，我遭遇放逐

那感觉有多陌生

先生，你将知悉，当救世主

亦如此，转过身去

滚君小注：

又是一首致“先生”的诗，狄小姐的心情常随这位“先生”待她的态度高低起伏。“先生”的偶一回顾，于她而言仿佛是天堂的碧玉门开启，令她窥见万丈光芒；被“先生”冷落时，她仿佛迷失。滚君在古乐府中见过这样的诗句：只缘感君一回顾，使我思君朝与暮。貌似古今中外的“一回顾”皆误人不倦。

If I'm lost—now

That I was found—

Shall still my transport be—
That once—on me—those Jasper Gates
Blazed open—suddenly—

That in my awkward—gazing—face—
The Angels—softly peered—
And touched me with their fleeces,
Almost as if they cared—
I' m banished—now—you know it—
How foreign that can be—
You' ll know—Sir—when the Savior' s face
Turns so—away from you—

对我生疑！那隐约的伴侣！

对我生疑！那隐约的伴侣！
哦，哪怕只拥有些许生命
上帝都将满意
而我，将全部的自己
永远交与你，毫不吝惜
这女子，还能怎样
请快些表明，我好赠你
我拥有的，最后欢愉！

予你的，不可能是我的魂灵
因为它们，早已属于你
尘世的一切，我亦已放弃
还有什么财富，可给你？
我这样一位，雀斑覆颜的女子

能做到的极致

或许是

于遥远的天堂

羞怯地，与你双栖！

审视她，从眉梢到足底！

仔仔细细，直到你最后一丝猜疑

寥落，似织锦

在她炽热的凝望里

将她心中的至爱判定

但白雪圣洁

完美于，永恒的片片晶莹

苛求的人啊，只为你！

滚君小注：

滚君是个性情偏冷的人，狄小姐这首情诗炽烈，一句句译下来，将滚君烤得晕晕然，颇有些无措，揣度着她这样一个理智多于情感的人，怎么可以这样情烈似火？那“斜倚，一枚艳阳”

的天真女子，到底是怎样在时光中行走，最终将心意收起，将自己与世俗隔离？读她的诗句和她信中的只言片语，滚君常常于不经意间，读到她那颗无处安放的心。

Doubt Me! My Dim Companion!
Why, God, would be content
With but a fraction of the Life—
Poured thee, without a stint—
The whole of me—forever—
What more the Woman can,
Say quick, that I may dower thee
With last Delight I own!

It cannot be my Spirit—
For that was thine, before—
I ceded all of Dust I knew—
What Opulence the more
Had I—a freckled Maiden,

Whose farthest of Degree,
Was—that she might—
Some distant Heaven,
Dwell timidly, with thee!

Sift her, from Brow to Barefoot!
Strain till your last Surmise—
Drop, like a Tapestry, away,
Before the Fire's Eyes—
Winnow her finest fondness—
But hallow just the snow
Intact, in Everlasting flake—
Oh, Caviler, for you!

英语里的句子数不清

英语里的句子数不清
我却，只听到一句
低微，似蟋蟀的轻笑
轰然，似雷鸣

喁喁，如古老里海的吟唱
当潮汐，化为催眠曲
那表白打动人心
仿佛夜莺，轻轻啼

明亮字母闪现
在我单纯的，梦境
传递雷鸣般的，期许
直到我惊醒，低泣

哭泣，并非因为悲戚
而是因欢喜，来袭
再说一遍，撒克逊人！
小声些，只说与我，一个人听！

滚君小注：

滚君读狄小姐的诗，对这位表情达意的高手十分佩服，简单的“我爱你”三个字，到了狄小姐那里，便成了一首抒情诗。

Many a phrase has the English language—
I have heard but one—
Low as the laughter of the Cricket,
Loud, as the Thunder's Tongue—

Murmuring, like old Caspian Choirs,
When the Tide's a' lull—

Saying itself in new infection—
Like a Whippoorwill—

Breaking in bright Orthography
On my simple sleep—
Thundering its Prospective—
Till I stir, and weep—

Not for the Sorrow, done me—
But the push of Joy—
Say it again, Saxton!
Hush—Only to me!

酷暑天里，送阴凉之友易寻

酷暑天里，送阴凉之友
易寻
心境清冷时
热情之人，难觅

偏东的风起
薄纱般的魂，惊离
与玻璃纱下的心相比
裹着厚呢的心，是否更坚定？

怨谁呢？纺织者吗？
哎！这令人困惑的丝缕！
天堂的画卷织就
如此悄无声息！

滚君小注：

这首诗，英文注解上说，头四句的意思大概是“当我内心如焚时，找位能安慰我的女性友人很容易，但我内心冷漠时，却很难找到能点燃我的人”。“偏东的风”，注解上指“性欲”（滚君莫名其妙，不知这是个什么典故，只能照着字面译成“偏东的风”），吓跑了披着薄纱的女子，这样的场合，“裹着厚呢的心”（指男人）却要比“玻璃纱下的心”（指女子）大胆许多……这一切真是让人困惑，但能怪谁呢？两性的天堂，由上帝这名纺织者缔造，但他却对自己带来的麻烦毫无察觉。滚君以为，有些诗，好就好在莫名高深，解读太过了反而无味。

A shady friend– for Torrid days—
Is easier to find—
Than one of higher temperature
For Frigid—hour of Mind—

The Vane a little to the East—
Scares Muslin souls—away—
If Broadcloth Hearts are firmer—
Than those of Organdy—

Who is to blame? The Weaver?

Ah, the bewildering thread!

The Tapestries of Paradise

So notelessly–are made!

一滴水，在海中博弈

一滴水，在海中博弈

忘记自己置身何地

恰如我，对你

她自知，微渺似香一缕

但微渺……她叹气，如果这是全部的我

再大，还能大到哪里？

她的自负，换来大海的轻笑

但她，忘记了安菲特里忒

恳求着:“我，可以?”

滚君小注：

这首诗里，狄小姐又将自己低到了尘埃。她希望“大海”能接受她，却罔顾“大海”有妻子的事实。希腊神话中，安菲特里忒是海王波塞冬的妻子。

The Drop, that wrestles in the Sea—

Forgets her own locality—

As I—toward Thee—

She knows herself an incense small—

Yet small—she sighs—if All—is All—

How larger—be?

The Ocean—smiles—at her Conceit—

But she, forgetting Amphitrite—

Pleads — "Me"?

我已痊愈，可以听他的名

我已痊愈，可以听他的名

不再有获益的惊喜

那结束，震撼魂灵

屋中，雷霆万钧

我已痊愈，可以走过

屋中那转角

决然的他，黯然的我，在那里别离

彼此，血肉淋漓

我已痊愈，可以将盒子晃起
他的信，盒中堆积
呼吸，不再遭遇压力
如订书钉，已穿透过去

几乎想不起，曾有恩典施与
我想，他们称它为“上帝”
那神灵，以舒解至痛闻名
当药石罔及

我的手
摆成祷告的姿势
但神父的祷告词
我一无所知

我的事，唯上天能助力
云后的主宰

是否从不失意

是否以更疏离之姿

关注微不足道的事

如悲戚

强大如他，是否无意我的问询

滚君小注：

这首诗中，狄小姐书写的是“她”与“他”的决裂，以及决裂后遗症。第一段和第二段的最后两句，还原了决裂现场，狄小姐将那转身别过写得血肉模糊，滚君以为，这便是爱情恐怖的一面了，刻骨铭心的东西，一旦舍弃，大多以血肉淋漓收场。这首诗里，狄小姐对上帝是生了抱怨心的，因她未能得一丝恩典，药石罔及之症，主亦无能为力，只令她遭遇订书钉穿透之苦。最后一段里，狄小姐提了几个疑问：云后的主宰上帝是否从未失意过？上帝是否关心人类微不足道的悲戚？上帝是否对她的问询置之不理？

I got so I could take his name—

Without—Tremendous gain—

That Stop-sensation—on my Soul—

And Thunder—in the Room—

I got so I could walk across
That Angle in the floor,
Where he turned so, and I turned—how—
And all our Sinew tore—

I got so I could stir the Box—
In which his letters grew
Without that forcing, in my breath—
As Staples—driven through—

Could dimly recollect a Grace—
I think, they call it "God"—
Renowned to ease Extremity—
When Formula, had failed—

And shape my Hands—
Petition's way,

Tho' ignorant of a word
That Ordination—utters—

My Business, with the Cloud,
If any Power behind it, be,
Not subject to Despair—
It care, in some remoter way,
For so minute affair
As Misery—
Itself, too vast, for interrupting—more—

如果她是槲寄生

如果她是槲寄生
我是玫瑰
多高兴能在你的桌上

待我丝绒般的生命枯萎
既然我是德鲁伊教徒
而她，清新似露水
我愿装饰传统的扣眼
送玫瑰，与你相随

滚君小注：

这首诗，狄小姐送给了塞缪尔·鲍尔斯，还附了一枝玫瑰。槲寄生是德鲁伊教徒尊崇的圣物，诗中的“她”，应该是指随诗附送的玫瑰。狄小姐或许是在暗示，自己是个槲寄生般严谨的德鲁伊教徒，缺少玫瑰的清新气质，所以，还是送一枝玫瑰来装饰“你”的扣眼，陪伴“你”。

If she had been the Mistletoe
And I had been the Rose—
How gay upon your table
My velvet life to close—
Since I am of the Druid,
And she is of the dew—

I'll deck Tradition's buttonhole—

And send the Rose to you.

在我从未见过的地方

在我从未见过的地方，他们说

不朽的阿尔卑斯山俯瞰

帽檐轻触苍穹

屐履，与小镇亲密

温顺地，在他永恒的足旁

千万朵雏菊招展

哪一朵是你，先生？哪一朵是我

在这八月天里，盛放？

滚君小注：

英文注解上说，这首温婉的诗，鲍先生从未读到过，狄小姐将它压了箱底。狄小姐曾不止一次在诗中自比为雏菊，而她心仪的“先生”，是灵犀一闪时的所见，有时是太阳，有时是雄伟的阿尔卑斯山。

In lands I never saw—they say
Immortal Alps look down—
Whose Bonnets touch the firmament—
Whose Sandals touch the town—

Meek at whose everlasting feet
A Myriad Daisy play—
Which, Sir, are you and which am I
Upon an August day?

自然之呢喃

常常，树林呈现一片粉

常常，树林呈现一片粉

常常，一片棕褐色漫溢

常常，山峦褪去外衣

在家乡的小镇后，伫立

常常，头顶上出现冠一顶

那是我习惯的，一道景

常常，又是一道隙

呈现在，它的常驻地

地球，他们告诉我

绕自己的轴心转起！

多么美妙的旋转！

十二个月，就是一期！

滚君小注：

这是狄小姐描写大自然的诗，滚君十分中意头三句，读来是曼妙的感觉。季节流转，色彩变幻，常人眼里的“寻常”，入诗人之笔，便是一派“诗意盎然”。

Frequently the woods are pink—
Frequently are brown.
Frequently the hills undress
Behind my native town.
Oft a head is crested
I was wont to see—
And as oft a cranny
Where it used to be—
And the Earth–they tell me—
On its Axis turned!
Wonderful Rotation!
By but twelve performed!

龙胆草将毛边织起

龙胆草将毛边织起
枫树林泛起红晕
我的花儿悄悄别离
安静，无声息

一场短暂又缠绵的疾病
一小时的准备而已
这个清晨的一隅
天使，在那里栖息
一个简短的仪式
一只刺歌雀莅临
一只老迈的蜜蜂布道
尔后，我们跪下祈祷
我们相信，她愿意

我们询问，是否我们也可以

夏季，姐妹，天使！

让我们追随你！

以蜜蜂的名义

以蝴蝶的名义

以微风的名义，阿门！

滚君小注：

1858 年的“夏天”，在一场短暂又缠绵的“小病”之后，于初秋的某个清晨故去，狄小姐为“她”举行了一场葬礼，除了狄小姐，在场的另外两位哀悼者是老蜜蜂和刺歌雀。这首诗让滚君想起《格林童话》，狄小姐的许多诗里，都闪烁着未泯的童真。

The Gentian weaves her fringes—

The Maple's loom is red—

My departing blossoms

Obviate parade.

A brief, but patient illness—
An hour to prepare,
And one below this morning
Is where the angels are—
It was a short procession,
The Bobolink was there—
An aged Bee addressed us—
And then we knelt in prayer—
We trust that she was willing—
We ask that we may be.
Summer—Sister—Seraph!
Let us go with thee!

In the name of the Bee—
And of the Butterfly—
And of the Breeze—Amen!

这是我今天所携

这是我今天所携

这首诗，还有我的心

这首诗，与我的心，与整个旷野

以及，所有广袤的草地

你一定得数数，若我忘记某人

数字会将他记起

这首诗，与我的心，与所有的蜜蜂

它们，在三叶草上栖息

滚君小注：

狄小姐是个喜欢亲近大自然的人，常将心寄托于花花草草与蜜蜂、飞鸟。原诗第二、三句和倒数第二句的“This”，直译过来就是“这”，但滚君揣度着，这个“这”应该就是狄小姐的这首诗。

It’s all I have to bring today—
This, and my heart beside—
This, and my heart, and all the fields—
And all the meadows wide—
Be sure you count–should I forget
Some one the sum could tell—
This, and my heart, and all the Bees
Which in the Clover dwell.

仿佛彩虹来自仙境!

仿佛彩虹来自仙境!
仿佛克什米尔的人间奇景
这眼前即景!
又似孔雀紫色裙裾

一羽复一羽，平原上
挥洒无垠！
梦幻的蝶，振翅！
沉睡的塘，再起涟漪
续唱去岁断曲！
阳光下，古老城堡的上空
傲慢的蜜蜂，成群出行
低语声，不息！

今日，知更鸟密密
仿佛昨日，雪片堆叠
在枝丫，在屋顶，在墙篱！
红门兰折弯她的羽
只因旧爱，导师太阳！
重返沼泽地！
无人统领！无边无际！寂静！
连绵的山峦与丛林

静默在光明的疏离！

看！这密密匝匝是何物？

似无数孩童，头裹穆斯林头巾

或者，他们来自切尔克西亚陆地？

滚君小注：

1873 年 4 月，狄小姐在给表亲的一封信中写道："春天令人欢喜，如此美丽，如此独特，如此出人意料，令我不知该如何对待自己的心。"这首诗，便是她信中心情的写照。滚君初译这首诗时，北地尚是寒冬，天寒地冻、万物凋敝的季节，蓦然读到一片春色，心中惊艳。为这首诗做修改，补写小注时，已是人间四月天，处处花团锦簇，再读诗句，心中欢喜。国人提及狄小姐的诗，不外乎是那些短小理智之作，殊不知狄小姐写景亦是个高手，但她的写法又不是西方传统诗歌的写法，她是简洁的，又是达意的，用词行句似白描一般，但画面效果奇佳。如这两句：

The Regiments of Wood and Hill
In bright detachment stand!

读来，眼前便是连绵的寂寂春山，所以译诗是：

连绵的山峦与丛林
静默在光明的疏离！

Some Rainbow—coming from the Fair!
Some Vision of the World Cashmere—
I confidently see!
Or else a Peacock's purple Train
Feather by feather—on the plain
Fritters itself away!
The dreamy Butterflies bestir!
Lethargic pools resume the whir
Of last year's sundered tune!
From some old Fortress on the sun
Baronial Bees—march—one by one—
In murmuring platoon!

The Robins stand as thick today
As flakes of snow stood yesterday—
On fence—and Roof—and Twig!
The Orchis binds her feather on
For her old lover—Don the Sun!
Revisiting the Bog!

Without Commander! Countless! Still!

The Regiments of Wood and Hill

In bright detachment stand!

Behold! Whose Multitudes are these?

The children of whose turbaned seas—

Or what Circassian Land?

红衣女子，在山峦

红衣女子，在山峦

年年，将秘密隐藏！

白衣女子，在旷野

百合，沉睡于悄然！

洁净的微风，如扫帚

拂过溪谷、树林和山冈

哦，我可爱的主妇！
你在将谁，期盼？

邻居们未起疑心！
树林会心笑起！
果园，毛茛和飞鸟
生机，眨眼间来袭！

但大地多安然！
树篱，多恬淡！
仿佛“重生”
并非奇迹一桩！

滚君小注：

英文注解上说，在1896年出版的狄更生诗集中，出版商将这首诗命名为 *The Waking Year*，意思是“岁月复苏”。诗中的红衣女子是郁金香，白衣女子是百合。在阿默斯特，这两种花或许是最早的迎春植物。

A Lady red—amid the Hill
Her annual secret keeps!
A Lady white, within the Field
In placid Lily sleeps!
The tidy Breezes，with their Brooms
Sweep vale—and hill—and tree!
Prithee, My pretty Housewives!
Who may expected be?

The Neighbors do not yet suspect!
The Woods exchange a smile!
Orchard, and Buttercup, and Bird—
In such a little while!

And yet, how still the Landscape stands!
How nonchalant the Hedge!
As if the "Resurrection"
Were nothing very strange!

南风，将它们推搡

南风，将它们推搡
大黄蜂，来访
旋舞，徘徊
畅饮，离开

蝴蝶，歇息它们身旁
在飞往克什米尔的路上
我，将它们轻摘
送与你，相伴！

滚君小注：

据说，狄小姐常将这首诗与花儿一起，送给朋友，可以猜想，诗中的“它们”指花朵。花儿、蜜蜂与蝴蝶，皆是狄小姐诗中的常客。

South Winds jostle them—

Bumblebees come—

Hover—hesitate—

Drink, and are gone—

Butterflies pause

On their passage Cashmere—

I—softly plucking,

Present them here!

羞涩如斯，当我将她窥视！

羞涩如斯，当我将她窥视！

那样美丽，难为情如是！

叶片里，将自己深隐

只怕人，来觅

屏息如斯，直到我行过
那样无助，在我转身的瞬息
红着双颊，挣扎着被带离
简陋小居，从此弃！

为谁，我将山谷抢劫
为谁，我将山谷背弃
将有许多问询，无疑
但我，必将不语！

滚君小注：

狄小姐诗中的这朵花，滚君望着她，感受到万般娇羞的气息，不禁心生爱怜。滚君读原诗的时候，想到了杜甫的那首《佳人》中的一句：“绝代有佳人，幽居在空谷。”

So bashful when I spied her!
So pretty—so ashamed!
So hidden in her leaflets
Lest anybody find—

So breathless till I passed her—
So helpless when I turned
And bore her struggling, blushing,
Her simple haunts beyond!

For whom I robbed the Dingle—
For whom I betrayed the Dell—
Many, will doubtless ask me,
But I shall never tell!

夏日的一段时光

夏日的一段时光

烈焰缓缓燃去

我肃然

夏日午间的一段时光

一截深邃，一片蔚蓝，一缕芬芳

飞升般的心驰神往

夏夜里的一段时光

那明亮，令人神荡

我拊掌惊叹

然后，将我审视入微的颜遮上

担心这恩典，微芒闪闪

弃我远扬

魔术师的手指从不歇止
山谷里紫色的小溪
仍与窄窄河床痴缠

琥珀色的旗，还耸立在东方
太阳仍沿着峭壁
为他红色的大篷车导航

看啊！夜逝，晨至
奇迹圆满，欢畅
穿越晨露，我遇
另一个夏日，来访！

滚君小注：

狄小姐诗中，这夏日的一天，从清晨到夜晚，再到翌日的黎明，美得令人窒息，而她那颗善于感知自然之美的心，亦令读诗的滚君倾慕。

A something in a summer's Day
As slow her flambeaux burn away
Which solemnizes me.

A something in a summer's noon—
A depth—an Azure—a perfume—
Transcending ecstasy.

And still within a summer's night
A something so transporting bright
I clap my hands to see—

Then veil my too inspecting face
Lest such a subtle—shimmering grace
Flutter too far for me—

The wizard fingers never rest—
The purple brook within the breast
Still chafes it narrow bed—

Still rears the East her amber Flag—
Guides still the sun along the Crag
His Caravan of Red—

So looking on—the night—the morn
Conclude the wonder gay—
And I meet, coming thro' the dews
Another summer's Day!

除了秋天，诗人们还吟诵

除了秋天，诗人们还吟诵
三两个平淡的日子
这儿的一些飘雪
那儿的一些薄雾

几个冷冽的清晨
一些清苦的薄暮
再见，布莱恩特先生的“金杆”
还有，汤姆逊先生的“麦束”

溪流停止喧响，安静
芳香之阀，关闭
催眠的手指轻轻
抚过众多小精灵的眼睛

也许，一只松鼠将驻足

分享我的忧郁

哦，主，请许我一颗阳光的心

承接你寒风中的旨意！

滚君小注：

这首诗里，狄小姐描画的是十一月初雪将至的景色，清晨与傍晚趋于冷冽，溪流安静，夏日的小精灵们酣睡，唯有一只松鼠分享她失落的心情。狄小姐在 1865 年 11 月初给霍兰德夫人（Mrs. Holland）的一封信中写道：“午间的时光更短，落日更冷冽……十一月总是让我想到挪威（The noons [now] are more laconic and the sundowns sterner... November always seemed to me the Norway of the year）。”

Besides the Autumn poets sing

A few prosaic days

A little this side of the snow

And that side of the Haze—

A few incisive Mornings—

A few Ascetic Eves—

Gone—Mr. Bryant's "Golden Rod"—

And Mr. Thomson's "sheaves."

Still, is the bustle in the Brook—

Sealed are the spicy valves—

Mesmeric fingers softly touch

The Eyes of many Elves—

Perhaps a squirrel may remain—

My sentiments to share—

Grant me, Oh Lord, a sunny mind—

Thy windy will to bear!

若有人能将那狂喜定义

花朵，好吧
若有人能将那狂喜定义
半是飞越，半是困惑不已
因此，花朵令人体验卑微
若有人觅得那源起
告诉我，何以有这样汹涌的逆流
我将赠予，所有的雏菊
那山坡上盛放的，一片轻盈

花儿的脸上，写着太多伤感
而我，是位简单的姑娘
蝴蝶，来自遥远的圣多明哥
飞越赤道，停留在我身旁
它们拥有自己的审美

高明之处，超越我的想象

滚君小注：

英文注解上说，在狄小姐的一生中，花朵之美总是令她既欣喜又困惑，花朵所呈现的忧伤令她不能理解自己矛盾的情感，所以她说，如果有人能解惑，她愿赠予山坡上所有的雏菊。而一只飞越了赤道，流连于她花园的蝴蝶，却能轻盈驾驭各种美，这令她颇有感触。滚君读这首诗，亦是颇有感触，于一朵花的绽放，一只蝶的轻舞，感知诗意的美，这便是诗人的高明之处。

Flowers—Well—if anybody

Can the ecstasy define—

Half a transport—half a trouble—

With which flowers humble men:

Anybody find the fountain

From which floods so contra flow—

I will give him all the Daisies

Which upon the hillside blow.

Too much pathos in their faces
For a simple breast like mine—
Butterflies from St. Domingo
Cruising round the purple line—
Have a system of aesthetics—
Far superior to mine.

山野一片焕然

山野一片焕然
村庄，沐浴着提尔的光
清晨的阳光，普照更广
草地的暮色，愈发苍茫
朱红的足，留下一抹印记
紫色的手指，山坡上招展

轻浮的苍蝇，停在窗上

蜘蛛，又开始结网

雄鸡更加趾高气扬

花朵，即将四处绽放

斧头在林中呼啸歌唱

蕨草的气息，弥漫在荒路上

所有这些，以及更多，我无法言说

那难以置信的眼神，你不会错过

尼哥德慕之谜

年年的答案何其相像！

滚君小注：

提尔，地中海东部海港城市。“尼哥德慕之谜”，源自《约翰福音》。耶稣对尼哥德慕说：“除非人重生，否则他见不到上帝的国。”尼哥德慕非常困惑，问：“人老，如何重生？”1886年春天，狄小姐在致友人的信中写道：“若我们爱花朵，岂非天天得‘重生’？尼哥德慕怎么可能扰乱我们的心神？”

An altered look about the hills—

A Tyrian light the village fills—

A wider sunrise in the morn—

A deeper twilight on the lawn—

A print of a vermillion foot—

A purple finger on the slope—

A flippant fly upon the pane—

A spider at his trade again—

An added strut in Chanticleer—

A flower expected everywhere—

An axe shrill singing in the woods—

Fern odors on untravelled roads—

All this and more I cannot tell—

A furtive look you know as well—

And Nicodemus' Mystery

Receives its annual reply!

太阳低低地，俯下身去

太阳低低地，俯下身去！

群山迎着他，升起！

于他而言，哦，这交易！

于他们而言，哦，这安息！

暗影渐深

依附着窗棂

足影愈粗

直到提尔的日暮

被兵士密密围堵

那样欢欣，那样威武

我察觉，那曾佩戴肩章的

英灵

自烟囱一角冲出

但那里，是个无人处！

滚君小注：

狄小姐卧室的西面和南面，有两扇大窗户，能观赏到家中烟囱一角的落日。提尔的落日，滚君在狄小姐的诗中这是第二次读到，十分迷人，但狄小姐超凡的想象力更令人痴迷：灿烂于烟囱一角的晚霞，拥着落日，如威武士兵，但仔细看烟囱一隅，空荡荡并无人影。

The Sun kept stooping—stooping—low!

The Hills to meet him rose!

On his side, what Transaction!

On their side, what Repose!

Deeper and deeper grew the stain

Upon the window pane—

Thicker and thicker stood the feet

Until the Tyrian

Was crowded dense with Armies—

So gay, so Brigadier—

That I felt martial stirrings

Who once the Cockade wore—

Charged from my chimney corner—

But Nobody was there!

我品尝未经酿造的酒

我品尝未经酿造的酒

自装饰着珍珠的大酒杯

莱茵河畔无一酒庄

能奉出这样的佳酿!

沉醉于空气的芬芳
痴迷于露水的酣畅
蹒跚在无尽的夏
贪恋着，酒馆灼热的蓝

当主人将醺然的蜜蜂
逐出金钟花
当蝴蝶，弃饮佳酿
我，当畅饮更欢

直到天使们晃起白帽
圣者们，跑到窗旁
看这小小的酒鬼
斜倚，一枚艳阳

滚君小注：

在1862年冬天之前，狄小姐曾向时任报纸编辑的鲍先生投递过自己的许多诗稿，这是入鲍先生法眼的唯一一首诗，匿名刊登在1861年5月4日的报纸上，诗名为《五月的佳酿》（*May Wine*）。滚君读这首诗，脑海中掠过的是童话般的画面，诗中的夏日呈现出别样清新——空气芬芳、露水酣畅、天空是无尽的蓝。滚君以为，唯热爱大自然的人，才能观察得如此细致；唯拥有非凡想象力的人，才能将思绪铺陈得这样巧妙。对于这首诗，亦有学者认为，狄小姐“陶醉于夏日”，是一种暗喻，暗示她为自己的诗歌天赋所陶醉，滚君不以为然。

I taste a liquor never brewed—

From Tankards scooped in Pearl—

Not all the vats upon the Rhine

Yield such an Alcohol!

Inebriate of Air—am I—

And Debauchee of Dew—

Reeling—thro endless summer days—

From inns of Molten Blue—

When "Landlord" turn the drunken Bee
Out of the Foxglove's door—
When Butterflies—renounce their "drams"—
I shall but drink the more!

Till Seraphs swing their snowy Hats—
And Saints—to windows run—
To see the little Tippler
Leaning against the–sun—

她扬起多彩的笤帚

她扬起多彩的笤帚
留一地碎屑在身后
哦，西天暮色中的主妇

请回来，清理池塘！

你抛入一团松散的紫
你抛入一缕琥珀色的丝
此刻，你将绿宝石的屑
在整个西天抛散！

仍然，她挥舞斑斓的笤帚
仍然，她的围裙飞扬
直到笤帚，温柔隐入繁星
那时，我亦离场

滚君小注：

这又是一首写落日的诗。傍晚时分，狄小姐注视着落日这位主妇，一路挥舞着余晖，仿佛扬着把笤帚，丢三落四地在身后遗落一地五彩碎屑，繁星满天时，余晖散去，狄小姐写下这首诗纪念彼时的辉煌。

She sweeps with many—colored Brooms—
And leaves the shreds behind—
Oh Housewife in the Evening West—
Come back， and dust the Pond!

You dropped a Purple Ravelling in—
You dropped an Amber thread—
And now you’ve littered all the East
With Duds of Emerald!

And still, she plies her spotted brooms,
And still the Aprons fly,
Till Brooms fade softly into stars—
And then I come away—

不可能是“夏”！

不可能是“夏”！

夏，已是过往！

时光尚早，“春”未到访！

还需穿过，小镇长长的白

才能等到，乌鸦的歌唱！

不可能是“死亡”！

它太过粗糙

死神应着白裳

落日，结束我的提问

以橄榄石手铐，一双！

滚君小注：

这是一首猜谜诗，谜底是什么呢？应该是秋。狄小姐曾将这首诗抄送给友人，信中附三叶草和数枚色彩明丽的秋叶。

It can't be "Summer"!

That—got through!

It's early—yet—for "Spring"!

There's that long town of White—to cross—

Before the Blackbirds sing!

It can't be "Dying"!

It's too Rouge—

The Dead shall go in White—

So Sunset shuts my question down

With Cuffs of Chrysolite!

这境地，沐浴在落日里

这境地，沐浴在落日里

这是，黄色海洋的岸堤

它源自何处，或去往哪里

这些，是西方的秘密！

夜复一夜

她紫色的流云

将成包的猫眼石，撒满登陆地

商客们，伫立天际

颔首，消失似黄鹂！

滚君小注：

这仍是一首描摹落日景色的小诗。狄小姐诗中的落日情境，常引领滚君步入童话世界，于滚君这样日日奔走于市井的庸人而言，在诗句中重温“夕阳无限好”的情怀，着实是件美好的事。

This—is the land—the Sunset washes—

These—are the Banks of the Yellow Sea—

Where it rose—or whither it rushes—

These—are the Western Mystery!

Night after Night
Her purple traffic
Strews the landing with Opal Bales—
Merchantmen—poise upon Horizons—
Dip—and vanish like Orioles!

古老的群山，如何沐浴着夕阳

古老的群山，如何沐浴着夕阳
铁杉，如何焚燃
暗褐丛林，如何披一袭灰裳
那魔法师，是太阳

古老的尖塔，怎样将绯红传递
直到圆球，满溢
若拥有火烈鸟的唇
这秘密，我是否敢提及？

然后，火焰如何似潮水退去
漫过整个草地
携蓝宝石的光彩，别离
仿佛一位贵妇，途经

薄暮，如何悄悄降临村庄
直到户户将门窗紧闭
古怪的火炬，无人托举
却在街头，微光盈盈

鸟巢与犬舍，在夜里是怎样的光景
树林在何地

不过是圆顶的深渊，正俯向

幽寂

这些，是圭多脑海中飞掠的景

提香，未曾提及

多梅尼基诺抛下画笔

那金色，令他痴迷

滚君小注：

这又是一首赞美大自然的诗作，滚君才读到第291首，却已无数次地于狄小姐诗作中领略了她当年所见的各种日落美景。诗中提及的“圭多”“提香”“多梅尼基诺”，皆是文艺复兴时期著名画家，但狄小姐认为，即便是这样的名画家，亦描摹不出日落的辉煌。这首诗中，最打动滚君的句子，当属 “圆顶的深渊，正俯向/幽寂”。狄小姐的原诗，写得极美妙，夜色中的树林，在她笔下是另一番模样，形神兼备，滚君联想起弗罗斯特（Robert Frost）大人的那首 ***Acceptance***（《接受》），最后几句这样写：

Now let the night be dark for all of me.
Let the night bee（be） too dark for me to see
Into the future. Let what will be, be.

滚君译：

此刻，让我完全隐没于夜之黑暗，

令夜之蜂影沉郁，令未来自我眼前隐藏。

让该来的一切来临，让命运，不可逆转。

弗罗斯特大人与狄小姐，是截然不同的两种风格，滚君都喜欢。

How the old Mountains drip with Sunset
How the Hemlocks burn—
How the Dun Brake is draped in Cinder
By the Wizard Sun—

How the old Steeples hand the Scarlet
Till the Ball is full—
Have I the lip of the Flamingo
That I dare to tell?

Then，how the Fire ebbs like Billows—
Touching all the Grass
With a departing—Sapphire—feature—
As a Duchess passed—

How a small Dusk crawls on the Village
Till the Houses blot
And the odd Flambeau, no men carry
Glimmer on the Street—

How it is Night—in Nest and Kennel—
And where was the Wood—
Just a Dome of Abyss is Bowing
Into Solitude—

These are the Visions flitted Guido—
Titian—never told—
Domenichino dropped his pencil—
Paralyzed, with Gold—

蜜蜂并不怕我

蜜蜂并不怕我
我还认识蝴蝶
林中漂亮的朋友
以热情将我迎接

我来时，小溪笑得更欢
风儿舞得更狂
所以，我眼中银雾起
哦，夏之光阴！

滚君小注：

英文注解上说，狄小姐的这首诗，似乎是在说“夏日里，我是大自然的宠儿，但为什么我的眼中有银雾般的泪？夏天，请告诉我”。如果狄小姐这首诗果然是这个意思，那么只能用莎士比亚的诗句来回答——“夏的租期何其短暂”（For summer’s lease hath all too short a date）。

The Bee is not afraid of me.

I know the Butterfly.

The pretty people in the Woods

Receive me cordially—

The Brooks laugh louder when I come—

The Breezes madder play;

Wherefore mine eye thy silver mists,

Wherefore, Oh Summer’s Day?

生死絮语

这样的清晨，我们别离

这样的清晨，我们别离
这样的正午，她离去
起初辗转不宁，尔后更坚定
恢复她优雅的宁静

她，再无呓语
我，不忍聆听
狂喜，令她沉默
悲痛，令我失语

直到暮色来临
窗帘，瑟瑟不停

快！更尖锐的沙沙声！

这只朱顶雀，飞起！

滚君小注：

这首诗里，狄小姐写了漫长的一天，最终以斯人的离世结束。自清晨逝者合眼后，狄小姐与逝者便各自沉默，狄小姐因悲痛而无语，离世者在前往天堂的路上，怀着沉默的欣喜。狄小姐辞世时的讣告里，引用的正是这首诗的第一段。

Morns like these—we parted—

Noons like these—she rose—

Fluttering first—then firmer

To her fair repose.

Never did she lisp it—

It was not for me—

She—was mute from transport—
I—from agony—

Till—the evening nearing
One the curtains drew—
Quick! A Sharper rustling!
And this linnet flew!

一朵雏菊就这样消失

一朵雏菊就这样消失
自今天的旷野
无数双仙履踮起
向天堂飞去

如斯消融，于绯红泡影

那白昼告别的潮汐

盛放，旅行，飘零

然后，你与主站在了一起？

滚君小注：

死亡，是狄小姐钟爱的主题。这首诗里，狄小姐将人的离世喻为雏菊的凋零，轻盈如踮起的足尖掠过，退去如日落时的潮汐。但逝者是否飞去了天堂？狄小姐亦不知晓。

So has a Daisy vanished

From the fields today—

So tiptoed many a slipper

To Paradise away—

Oozed so in crimson bubbles

Day's departing tide—

Blooming—tripping—flowing—

Are ye then with God?

我常路过这小村庄

我常路过这小村庄
在放学回家的路上
我好奇，那里的人们在做些什么
那里的时光，为何如此悄然

那时的我，不识岁月沧桑
不知上苍，会将我召唤
那召唤，竟提前来访
当他人，尚且无恙

这里的寂静胜过暮光
这里，比黎明更清凉
雏菊，敢于将此地探访
飞鸟落下，栖于安然

所以，当你疲惫

迷茫，或困于冰寒

请相信爱之誓言

腐土下依然

请呼喊“是我”，“请带走多丽”

你将来到，我的臂弯！

滚君小注：

英文注解上说，狄小姐十岁到二十五岁期间居住的老宅，后窗正俯瞰镇子的公墓，所以，狄小姐于窗畔目睹了无数场葬礼。诗中的“村庄”即公墓，“多丽”是狄小姐送给挚友苏的诸多昵称之一。在这首诗中，狄小姐想象自己小小年纪便应了主的召唤，“这里”静谧美好，她对挚友的心意不变。

I often passed the village

When going home from school—

And wondered what they did there—

And why it was so still—

I did not know the year then—
In which my call would come—
Earlier, by the Dial,
Than the rest have gone.

It's stiller than the sundown.
It's cooler than the dawn—
The Daisies dare to come here—
And birds can flutter down—

So when you are tired—
Or perplexed—or cold—
Trust the loving promise
Underneath the mould,
Cry "it's I," "take Dollie,"
And I will enfold!

如果我爱失去踪影

如果我爱失去踪影
哭泣声，将向我说起
如果我爱下落已明
根特的钟声，将响起
如果我爱安息
雏菊触动我的心
当我迷惑不已，菲利普
携谜题，来临！

滚君小注：

英文注解上说，诗中的“菲利普”指根特的 Philip Van Artevelde（菲利普·范·阿特维尔德），他成功领导了一次反抗贵族的起义，但在后续的一次战斗中失败被俘，随后被处死。曾经有剧本专门写这个故事，在剧本设定中，菲利普在赴死路上问了三个问题（谜题）：“我做了什么？为什么要这样被处死？为什么会这样？”诗中的雏菊，代表生命的复苏，雏菊在春天复苏，所爱亦将继续存活于世。

If those I loved were lost
The Crier's voice would tell me—
If those I loved were found
The bells of Ghent would ring—
Did those I loved repose
The Daisy would impel me.
Philip—when bewildered
Bore his riddle in!

我尚未说与花园听

我尚未说与花园听
因为担心，它将我劝阻
此刻，我的勇气尚不足
心思，不能向蜜蜂透露

我不会在大街上说起

因为店铺将吃惊

羞涩如你，无知如你

竟有直面死神的勇气

我的心思，不能让山坡知晓

多少次，我曾在那儿逍遥

亦不能告诉可爱森林

说某天，我将离去

我不会，在餐桌边失言

不会冒失地，顺口说起

不会暗示，死之谜题

今天，有人将走进这里

滚君小注：

这首诗里，狄小姐又在畅想死亡。她这样一个热爱花园、热爱蜜蜂、热爱森林的人，自然不会与钟爱的大自然探讨寻死的念头。在早些时候写给苏的信中，她写道："这里只是尘世，但尘世与天堂何其相像，若主真来唤我，我当踌躇。"

I haven't told my garden yet—
Lest that should conquer me.
I haven't quite the strength now
To break it to the Bee—

I will not name it in the street
For shops would stare at me—
That one so shy—so ignorant
Should have the face to die.

The hillsides must not know it—
Where I have rambled so—

Nor tell the loving forests
The day that I shall go—

Nor lisp it at the table—
Nor heedless by the way
Hint that within the Riddle
One will walk today—

当玫瑰不再盛放，先生

当玫瑰不再盛放，先生
当紫罗兰凋零了韶光
当大黄蜂肃穆飞翔
掠过太阳
曾在这个夏日

摘取这花的手

将在奥本，享悠闲时光

所以，请接受我的花！

滚君小注：

这首诗，狄小姐抄送了一首给塞缪尔·鲍尔斯，她心仪的那位男子，随诗附送的，应该还有诗中提到的花。在给鲍先生的信中，狄小姐写道：“趁我们现在都还在人世，请接受这些花。待我逝去，我将再见不到玫瑰盛放，大黄蜂飞翔。”诗中提到的“奥本”，指奥本公墓，位于波士顿郊外。

When Roses cease to bloom, Sir,

And Violets are done—

When Bumblebees in solemn flight

Have passed beyond the Sun—

The hand that paused to gather

Upon this Summer's day

Will idle lie—in Auburn—

Then take my flowers—pray!

人和昴宿星，漠然伫立

人和昴宿星，漠然伫立
直到，一片天忽临
将事实透露：那人已去
永远地，与双眼别离

隐形者一族
我们将其遥望
相见无期
无法追赶，如空气

为何不将他们留住？
天空微笑着
自我们失望的头顶掠过
不语

滚君小注：

这又是一首与死亡相关的诗。“一片天忽临”指的是一颗流星掠过。据说天上掠过一颗流星，地上飞升一个灵魂；而隐形者，即升入天堂的逝者，他们与生者之间自然是相见无期。生与死，皆不可言说，所以，当生者问苍天“为何不将他们留住”时，天空笑着掠过，不语。

How noteless Men, and Pleiads, stand,
Until a sudden sky
Reveals the fact that One is rapt
Forever from the Eye—

Members of the Invisible,
Existing, while we stare,
In Leagueless Opportunity,
O' ertakenless, as the Air—

Why didn' t we detain Them?
The Heavens with a smile,

Sweep by our disappointed Heads

Without a syllable—

恐怖接踵而至

恐怖接踵而至，那是我们

走过正腐朽的码头

花岗石，碎成粉末散去

主，赐一线生机，将我们救起

再多一秒，便坠入更深境地

渔夫，亦不能将底探寻

这思绪，只是侧影

已令回忆，麻痹

那可能性，掠过
无瞬息预警
直入猜想之境
如一张冰冷的脸
突然，与我们相觑
噙一丝金属的笑
这死神的温情
将欢迎，钻入我们心底

滚君小注：

与死神狭路相逢的种种，狄小姐百写不厌。这一次，她想象自己，在腐朽的生命码头尽头，在生命将随风而去之际，得主垂怜，获一线生机。但与死亡擦肩的瞬息令人胆战心惊，在没有一丝预警的境况下，直面原本只存在于想象中的死神，那金属般冰冷的笑，直入心底。滚君以为，这是细思极恐的体验。

That after Horror—that' twas us—
That passed the mouldering Pier—
Just as the Granite Crumb let go—
Our Savior, by a Hair—

A second more，had dropped too deep
For Fisherman to plumb—
The very profile of the Thought
Puts Recollection numb—

The possibility—to pass
Without a Moment' s Bell—
Into Conjecture' s presence—
Is like a Face of Steel—
That suddenly looks into ours
With a metallic grin—
The Cordiality of Death—
Who drills his Welcome in—

一只钟，将脚步停

一只钟，将脚步停
并非壁炉上那具
日内瓦最精湛的工艺
不能令木偶鞠躬
而刚才，它还摇来晃去

小饰物惊惧！
数字，痛苦地弓起身躯
然后颤抖着，停止计数
步入无温度的，正午光阴

医生，不能令它苏醒
这钟摆，似雪凝
修理工耗尽心力

换来冷漠，置之不理

镀金的指针点头
纤细的秒针颔首
数十载的傲慢
盘踞表盘与他之间
不去

滚君小注：

这首诗里，狄小姐用时钟的停止来隐喻一个人的死亡。最后一段，读来有些令人不明所以，参考了英文注解，才知前三段的“钟”，皆指人，最后一段的“钟”，是真正的钟，而“他”，则是前三段里被喻为“钟”的人。“他”已逝，而时钟还有数十载的生命，所以，时钟有自傲的资本，因为盘亘在“他”与时钟之间的光阴，永不能跨越。

A Clock stopped—
Not the Mantel's—
Geneva's farthest skill

Can't put the puppet bowing—
That just now dangled still—

An awe came on the Trinket!
The Figures hunched, with pain—
Then quivered out of Decimals—
Into Degreeless Noon—

It will not stir for Doctors—
This Pendulum of snow—
The Shopman importunes it—
While cool—concernless No—

Nods from the Gilded pointers—
Nods from the Seconds slim—
Decades of Arrogance between
The Dial life—
And Him—

它似光

它似光
是不能描述的喜欢
它似蜜蜂
永恒的旋律，一段

它似丛林
如风私密
无语，却撩动
最骄傲的，树荫

它似清晨
于离去时，圆满
当永恒之钟
在正午，敲响！

滚君小注：

这又是一首猜谜诗，有学者说，诗中的“它”指死亡。西方的诗人，似乎常将死亡与静谧的树林联系在一起。弗罗斯特大人在他的名篇 *Stopping by Woods on a Snowy Evening*（《林畔暮雪独吟》）中，直白地表达了他对死亡的向往，他说：“这可爱树林幽暗又寂寥。”而狄小姐心思委婉，她说死亡：

无语，却撩动
最骄傲的，树荫

因此，滚君以为，诗歌是因人而异的表达。

It's like the Light—
A fashionless Delight—
It's like the Bee—
A dateless—Melody—

It's like the Woods—
Private—Like the Breeze—
Phraseless—yet it stirs
The proudest Trees—

It’s like the Morning—

Best—when it’s done—

And the Everlasting Clocks—

Chime—Noon!

岁月点滴

我无名！你呢？

我无名！你呢？

你，亦无名？

我们一起，正好！

别说出去！他们会四处宣扬，你知道！

成名，多无聊！

公众，青蛙般聒噪

漫漫六月里，将浮名

说与仰慕的沼泽，知晓！

滚君小注：

这一首应该是狄小姐的代表作之一，许久以前，滚君似乎在哪里读过原诗，但没什么印象，这次重读，觉得那横插一句的“the livelong June”十分曼妙，令风景瞬间旖旎。不知狄小姐当年见的是个什么景。滚君心中的漫漫六月，是荷塘蛙鸣，是拂堤杨柳。但狄小姐说，漫漫六月里，青蛙一声声地将浮名唱与沼泽知晓……良辰美景瞬间消失，眼前是一幅“不堪”与“不堪”两两相望的画面。针对这首诗，英文注解上说，狄小姐十分看不上彼时诗歌作品见诸报刊的莺莺燕燕们，想着自己与挚友苏才是隐于尘世的真正诗人，所以写了这首诗抒情（这是滚君的大话版注解）。

I’m Nobody! Who are you?
Are you—Nobody—Too?
Then there’s a pair of us!
Don’t tell! They’d advertise—you know!

How dreary—to be—Somebody!
How public—like a Frog—
To tell one’s name—the livelong June—
To an admiring Bog!

我的歌声，将不停！

我的歌声，将不停！
鸟儿飞过
去往更萧瑟地
每一只，都带着知更鸟的期许
我，带着我的知更鸟
和我的诗句

迟到，当我找到空位，在夏季
但是，我将带来更完美的曲
晚祷比晨祷更甜蜜，先生
清晨，不过是正午的种粒

滚君小注：

这首诗，读来像是狄小姐自我励志的诗行，虽然投给报社的诗稿频频被拒，但她对自己的诗歌创作才华从未有过怀疑，亦从未打算停止“歌唱（写诗）”，因为她相信，“晚祷比晨祷更甜蜜”，荣誉虽迟，却终将到来。

I shall keep singing!

Birds will pass me

On their way to Yellower Climes—

Each—with a Robin's expectation—

I—with my Redbreast—

And my Rhymes—

Late—when I take my place in summer—

But—I shall bring a fuller tune—

Vespers—are sweeter than Matins—Signor—

Morning—only the seed of Noon—

如果想起等于忘记

如果想起等于忘记
那么，我不再记得你
如果忘记等于想起
我几乎，已将你忘记
如果思念是欣喜
悲痛是欢愉
手指们，该多高兴
今天，它们将这花收悉！

滚君小注：

这首诗似乎是狄小姐的代表作之一，但这样委婉曲折的表达，脑筋比较直线的滚君读着，觉得有些辛苦，所以这首诗的小注迟迟不能写出。某日，滚君找了个安静的时刻，将这首诗又读了一遍，才恍然，原来这首诗头四句都是在说：“我一直想着你。”据英文注解上说，狄小姐将这首诗送给鲍先生时，还附了一束花。

If recollecting were forgetting,

Then I remember not.

And if forgetting, recollecting,

How near I had forgot.

And if to miss, were merry,

And to mourn, were gay,

How very blithe the fingers

That gathered this, Today!

成功最甜蜜

成功最甜蜜

在无缘成功的人眼里

领悟琼浆的甘饴

需最痛苦的努力

今天，紫衣人获胜

夺取胜利之旗

但他们，无人能说清

胜利真正的意义

败者，奄奄一息

胜利之音迫近

于垂死的耳畔嘶鸣

痛苦如斯，清晰！

滚君小注：

在狄小姐的诗作中，紫色常代表胜利，代表庄严。这首诗，应该是狄小姐的代表作之一，关于胜利的描述，滚君读着，觉得还好，打动滚君的，是最后一段关于失败的描述，残忍如斯，令人掩面。

Success is counted sweetest
By those who ne' er succeed.
To comprehend a nectar
Requires sorest need.

Not one of all the purple Host
Who took the Flag today
Can tell the definition
So clear of Victory

As he defeated—dying—
On whose forbidden ear
The distant strains of triumph
Burst agonized and clear!

每次听到“逃”这个字

每次听到“逃”这个字
血流总是加速
突然地心有所期
突然地想要飞去

从未听溃败的士兵说起
监狱宽敞
但我，还是幼稚地推搡栅栏
只换得，失败重临！

滚君小注：

狄小姐未说明她想逃避的是什么，却亦自知“逃”的想法很幼稚。有一种猜测是，不论她多想逃回房间写诗，她都得花时间操持家务。狄小姐的侄女玛莎曾讲述过一段往事，说狄小姐常站在自己卧室外的走廊上向下望，大拇指与食指握着一把想象中的钥匙，手腕一转说：“只需轻轻一转，就自由了，玛蒂（玛莎的昵称）。”

I never hear the word “escape”
Without a quicker blood,
A sudden expectation,
A flying attitude!

I never hear of prisons broad
By soldiers battered down,
But I tug childish at my bars
Only to fail again!

一颗心，不似我心沉重

一颗心，不似我心沉重
往家去，深夜里
经过我的窗
吹起口哨，自娱
一段无心曲，一段民谣，一段街头小调
但于心烦的我
它美妙如镇痛剂
仿佛一只刺歌雀
正悠悠飞来
唱唱，停停，再续一曲
然后欢快地，渐渐远去！
仿佛潺潺小溪
漫过尘土遍地
淌血的足，得片刻歇息

虽不明所以！

明天，夜将再临

或许，疲惫与伤痛继续

啊，小喇叭！请再次经过

我的窗棂

滚君小注：

英文注解上说，狄小姐将这首诗分别抄送给了鲍先生和凯特·安森（Kate Anthon）女士，不知是否暗示这两人是她心烦的源起。滚君读这首诗时想，在那个遥远的年代，像狄小姐这样有才情却囿于家务的女子，即便再豁达，偶尔也会有些小黯然吧？夜色深沉，突然悠扬起的一段口哨，于疲惫身心而言，何尝不是一种安慰？

Heart, not so heavy as mine

Wending late home—

As it passed my window

Whistled itself a tune—

A careless snatch—a ballad—

A ditty of the street—

Yet to my irritated Ear
An Anodyne so sweet—
It was as if a Bobolink
Sauntering this way
Carolled, and paused， and carolled—
Then bubbled slow away!
It was as if a chirping brook
Upon a dusty way—
Set bleeding feet to minuets
Without the knowing why!
Tomorrow, night will come again—
Perhaps, weary and sore—
Ah Bugle! By my window
I pray you pass once more.

有些事物飞去

有些事物飞去
飞鸟，大黄蜂，光阴
挽歌，并未响起

有些事物不离
悲戚，山冈，永恒之境
对此，我亦不关心

安息，飞升
我能否，将天堂解析？
谜之静寂！

滚君小注：

离去的与留下的，狄小姐均无心为之写诗。那一刻，她只想描绘天堂。但万物静默如谜，答案无从知晓。

Some things that fly there be—
Birds—Hours—the Bumblebee—
Of these no Elegy.

Some things that stay there be—
Grief—Hills—Eternity—
Nor this behooveth me.

There are that resting, rise.
Can I expound the skies?
How still the Riddle lies!

我的花束送给俘虏

我的花束送给俘虏

长久的期盼，黯淡了眸光

指尖，无缘花朵的芬芳

耐心，等待天堂

这些花儿若能低语

言说清晨与旷野的气息

它们的使命，仅此而已

我的祈祷，唯此一例

滚君小注：

这首诗中，狄小姐以“花束”比喻自己的诗，希望它给囿于尘世的人，带来些小清新。

My nosegays are for captives—
Dim—long—expectant eyes,
Fingers denied the plucking,
Patient till paradise.

To such, if they should whisper
Of morning and the moor,
They bear no other errand,
And I, no other prayer.

命中注定的长夜漫漫

命中注定的长夜漫漫
必将来临的清晨朗朗
那些缺席的幸福时光

未至的嘲讽会是怎样？

这里一颗星，那里一颗星
有人迷失途径！
这里一片雾，那里一片雾
终将，天明！

滚君小注：

长夜、清晨、幸福、嘲讽……凡人的生命中，这些东西占一定份额，躲也躲不过，避也避不开。各式各样的指路明灯可能让人眼花缭乱、迷失本心，但乐观的心还是要有的；相信迷雾必去、光明终至的心也还是要有的。

Our share of night to bear—
Our share of morning—
Our blank in bliss to fill
Our blank in scorning—

Here a star, and there a star,

Some lose their way!

Here a mist, and there a mist,

Afterwards—Day!

干渴，予水深意

干渴，予水深意

陆地，因沧海曾途经

狂喜，因痛苦之深切

和平，因战乱的过去

爱，因记忆之深刻

飞鸟，因冬雪曾光临

滚君小注：

在这首诗中，狄小姐以简练的六个句子表述了水、陆地、狂喜、和平、爱，以及飞鸟珍贵的原因。这首诗，初译是完全不费劲的，滚君照字面直译，几分钟就搞定。但几个月后做修改，以诗的标准衡量之，立刻将几经修改的译诗全盘否定，更是再次体会到越是言简意赅的东西越是难以表述。彼时正是春天，于明媚春光里静心读几遍英文，体会冬去春来，飞鸟飞还的喜悦，满意的字词浮出水面。

Water, is taught by thirst.

Land—by the Oceans passed.

Transport—by throe—

Peace—by its battles told—

Love, by Memorial Mold—

Birds, by the Snow.

虽然，布衣是我的命运

虽然，布衣是我的命运
而她，披精美织锦
虽然，她系银色围裙
我，少些神圣光影

我还是，那小小的吉普赛人
钟情自己晒黑的小胸膛
远甚她
玫瑰的风情

因为，当寒霜准时
以指覆她额际
您和我，还有霍兰德先生
将盛放在，永恒花季！

永恒之夏的玫瑰

伫立永恒之境

那里，秋之画笔不至

收割的刀刃，不临！

滚君小注：

这首诗，狄小姐亦是有感而赋。当时有位女诗人，诗歌发表在某刊物上，受到关注，而狄小姐依旧无名，但狄小姐坚信自己的诗虽无艳光，却更真挚自然，将不朽。时间证明，她预言了自己诗作的价值——“永恒之夏的玫瑰”——时光亦不能令之失色，而那些予她诗作“差评”的收割小能手们（指报社的编辑们），则早已灰飞烟灭。

Tho' my destiny be Fustian—

Hers be damask fine—

Tho' she wear a silver apron—

I, a less divine—

Still, my little Gypsy being
I would far prefer,
Still, my little sunburnt bosom
To her Rosier,

For, when Frosts, their punctual fingers
On her forehead lay,
You and I, and Dr. Holland,
Bloom Eternally!

Roses of a steadfast summer
In a steadfast land,
Where no Autumn lifts her pencil—
And no Reapers stand!

向乌木盒中凝望

向乌木盒中凝望
当岁月，飞逝成过往
将丝绒般的尘，轻拭
那是，夏的微芒！

取一封信，对向日光
见信纸，随时光泛黄
将消逝的音节默记
那是醇酒，曾掀起心浪！

乌木盒里，或许还存有
一朵花枯萎的容颜
采撷于某个清晨，来自遥远
那曾经殷勤的手，正腐烂！

一缕卷发，或许来自额前
但忠贞，早已遗忘
或许，还有一只古旧饰品
但款式，属于消逝的时光！

然后，将它们默默放回
将它们，继续保管
仿佛小小的乌木盒
与我们无关！

滚君小注：

或许每个人都有一只或实或虚的乌木盒，往事历历皆锁闭于盒中，无暇细看。用信纸书写的年代如今想来，仿佛十分遥远，反正滚君是连邮件都懒得写了。但读狄小姐的诗，是多么美好的一件事，那个有书信往来的年代，那些令人心跳加速、芳醇如酒的文字。

In Ebon Box, when years have flown
To reverently peer,
Wiping away the velvet dust
Summers have sprinkled there!

To hold a letter to the light—
Grown Tawny now, with time—
To con the faded syllables
That quickened us like Wine!

Perhaps a Flower's shrivelled check
Among its stores to find—
Plucked far away, some morning—
By gallant—mouldering hand!

A curl, perhaps, from foreheads
Our Constancy forgot—
Perhaps, an Antique trinket—

In vanished fashions set!

And then to lay them quiet back—
And go about its care—
As if the little Ebon Box
Were none of our affair!

我从未见过“火山”

我从未见过“火山”
但听旅人们说起
那些古老冷漠的群山
通常，如斯寂然

隐藏，令人震惊的军械

火，烟和枪

以村庄为早餐

令人惊惶

若面对痛苦的庞然

神色，不起波澜

脸色沉寂

似火山

若最终，郁积的痛苦

不能克服

惊悸的葡萄园

将湮没于尘土？

若某位可爱的古董商

于清晨，邂逅复苏

他怎能不欣喜呼喊“庞贝”！

对着回归的，群山！

滚君小注：

这首诗呢，有人猜测是狄小姐在自己的诗作被“差评”后写的。若狄小姐是被掩埋的庞贝，那谁是火山呢？滚君更愿意相信狄小姐是火山，因为她的诗句、她的感叹号，皆自带火山气息。当然，她也可以是庞贝，复苏时的光彩令人惊叹。

I have never seen "Volcanoes" —

But, when Travellers tell

How those old—phlegmatic mountains

Usually so still—

Bear within—appalling Ordnance,

Fire, and smoke, and gun,

Taking Villages for breakfast,

And appalling Men—

If the stillness is Volcanic

In the human face

When upon a pain Titanic
Features keep their place—

If at length the smouldering anguish
Will not overcome—
And the palpitating Vineyard
In the dust, be thrown?

If some loving Antiquary,
On Resumption Morn,
Will not cry with joy "Pompeii"!
To the Hills return!

请为我画一轮太阳

请为我画一轮太阳
我好将它挂在屋里
假装它正予我温暖
当“白昼”，来访！

请为我画一只知更鸟，在枝上
让他的歌声，开启我的幻想
当果园凋敝，鸟鸣不再
我将想象，收藏

假装中午，真的温暖
是毛茛“掠过”
还是蝴蝶 “绽放”？
然后，忽略草地上的薄雾

忽略树上的，黄苹果

我们只将永不来访的，想象！

滚君小注：

这首诗里，狄小姐在玩儿时的游戏，假装旭日高照，鸟儿鸣唱，午时温暖……毛茛和蝴蝶，到底该用哪个动词来形容？草地上的薄雾、枝头的黄苹果都是寒冬的前奏，凋零的景色，狄小姐似乎不喜欢，所以她说：我们还是想象那些永远不会来临的东西吧。天寒地冻的季节，若心情再不好，或许会觉得冬季漫长得几乎令人绝望，但春天总是要来的，或早或晚。

Make me a picture of the sun—

So I can hang it in my room—

And make believe I' m getting warm

When others call it "Day"!

Draw me a Robin—on a stem—

So I am hearing him, I'll dream,

And when the Orchards stop their tune—

Put my pretense—away—

Say if it's really—warm at noon—
Whether it's Buttercups—that "skim"—
Or Butterflies—that "bloom"?
Then—skip—the frost—upon the lea—
And skip the Russet—on the tree—
Let's play those—never come!

你知道，我别无他物可带给你

你知道，我别无他物可带给你
所以，总是带给你这些
恰如夜晚，总是送来繁星
对此，我们习以为常

或许，我们不该在意星光

除非，它们不再来访

那时，我们或将迷茫

归家的路，一片黑暗

滚君小注：

这首诗，鲍先生亦收到一首。诗中第二句的“这些”，有学者揣度是礼物或鲜花，亦有可能是诗。总之，一切皆有可能。狄小姐是个诗意盎然的人，常在写给友人的信中附诗、附树叶、附花束……滚君以为，不论附什么，只要是狄小姐附的，便是诗意。对于自己诗歌的价值，这首诗的第二段里，狄小姐写得甚是明确。

I've nothing else—to bring, You know—

So I keep bringing These—

Just as the Night keeps fetching Stars

To our familiar eyes—

Maybe, we shouldn't mind them—

Unless they didn't come—

Then—maybe, it would puzzle us

To find our way Home—

蜜蜂与我日日贪杯

我们，蜜蜂与我日日贪杯

仿佛所有的佳酿，与我们相随

生活，有其麦酒的浓烈

但更多的，是勃艮第叙事的平淡

我们唱起歌寻欢，当酒，算不上佳酿

我们是否“喝醉”？

问快乐的三叶草！

我们是否“虐妻”？

我，从未婚配

蜜蜂，举着小杯信誓旦旦

美妙如树荫，在我们头顶盘桓

莱茵河奔腾

他与我，狂欢

最初，在酒桶旁；最后，在葡萄藤畔

午时，我们将最后一杯饮尽

嗡嗡的验尸官，宣告我们死亡：

“逝于”，“玉液琼浆”

丧生在，百里香！

滚君小注：

英文注解上说，在这首诗中，狄小姐与蜜蜂成了酒友，生活于她们而言，是“日日畅饮”。酒欠佳时，她们便吟诗赞美佳酿。这对酒友常常喝醉，最后蜜蜂丧生于“百里香”，狄小姐逝于“时光”（英文的百里香“thyme”与时光“time”是谐音）。所谓“时光”，即她在美好世间吮吸的所有花蜜。曾经有人说，狄小姐避世独居，生活得孤独寂寞冷，但滚君读这首诗，于字里行间只见一个优哉游哉、天真似孩童的灵魂。

We—Bee and I—live by the quaffing—
'Tisn't all Hock—with us—
Life has its Ale—
But it's many a lay of the Dim Burgundy—
We chant—for cheer—when the Wines—fail—

Do we "get drunk"?
Ask the jolly Clovers!
Do we "beat" our "Wife"?
I—never wed—
Bee—pledges his—in minute flagons—
Dainty—as the trees—on our deft Head—

While runs the Rhine—
He and I—revel—
First—at the vat—and latest at the Vine—
Noon—our last Cup—
"Found dead" — "of Nectar" —

By a humming Coroner—

In a By-Thyme!

我知道一处天堂，似篷帐

我知道一处天堂，似篷帐

闪亮的横梁裹起

木桩拔出，遁形

听不到木板的声响

或钉子撬出的声音，木匠无影

唯惊诧的眼风，缠绵数里

标志演出结束

在北美的土地

昨日炫目的种种

无踪迹，幻影难寻

无回响，无惊叹

人与技

散尽

似飞鸟远航

留斑斓一缕

似桨上水声，一点欣喜

尔后逝于波澜，影匿

滚君小注：

这首诗读完，滚君又给狄小姐多点了几个赞，果然是用词高手，一个词足以描摹一幅画。所以，滚君努了把力，致力于还原原诗的神韵。狄小姐在诗中描画了“天堂”的消散，不见悲喜，好像有些淡淡的怅惘，但仔细看，又似捕风捉影般无根据，只觉那景致美得无双。

I've known a Heaven, like a Tent—

To wrap its shining Yards—

Pluck up its stakes, and disappear—
Without the sound of Boards
Or Rip of Nail—Or Carpenter—
But just the miles of Stare—
That signalize a Show's Retreat—
In North America—

No Trace—no Figment of the Thing
That dazzled, Yesterday,
No Ring—no Marvel—
Men, and Feats—
Dissolved as utterly—
As Bird's far Navigation
Discloses just a Hue—
A plash of Oars, a Gaiety—
Then swallowed up, of View.

指中攥一枚珠宝

指中攥一枚珠宝
我睡去
日暖，风平
我说：它将永远在这里

醒来，我将诚实的手指埋怨
珠宝，不见了踪影
如今，唯一段紫晶记忆
与我相惜

滚君小注：

每个人手中，大概都曾握过一枚珠宝，只是彼时并未待它以“如珠如宝”之心，想当然地以为它将永伴身侧，直至失去，“惘然”之心才起。

I held a Jewel in my fingers—

And went to sleep—

The day was warm, and winds were prosy—

I said "Twill keep"—

I woke—and chid my honest fingers,

The Gem was gone—

And now, an Amethyst remembrance

Is all I own—

为什么，他们拒我于天堂之外?

为什么，他们拒我于天堂之外?

是否我的歌声，太过招摇?

但我，可以稍稍“低调”

羞怯，似飞鸟！

天使们，可否再考验我一次
再有一次机会，便好
看看是否，我给他们添了麻烦
但请不要，将门关上！

哦，若我，是那位先生
以“白袍”为裳
他们是小手，将门敲响
我，能否拒绝得坦然？

滚君小注：

狄小姐生前，也曾向报社投过诗稿，但她的诗不遵循传统，太领先于时代，以致彼时的媒体人、诗评人几乎不知该如何读她的诗，所以一次次退了她的稿。诗中的“天堂”，大概是指诗歌的殿堂。

Why—do they shut Me out of Heaven?
Did I sing—too loud?
But—I can say a little "Minor"
Timid as a Bird!

Wouldn't the Angels try me—
Just—once—more—
Just—see—if I troubled them—
But don't—shut the door!

Oh, if I—were the Gentleman
In the "White Robe"—
And they—were the little Hand—that knocked—
Could—I—forbid?

我可以，蹚过悲伤

我可以，蹚过悲伤
涉过，满塘的伤感
对此，我已习惯
但最微小的欣喜来袭
将我的步伐，打乱
我踉跄，似醺然
不愿被砾石，笑话
我说，不过是
饮了些新酿！

力量，来自痛苦
囿于痛苦，却仍自律
直到负重，可以扛
予巨人馨香

他们将萎靡，坠入平凡

予之喜马拉雅山

他们将，承担！

滚君小注：

学者的研究表明，狄小姐的哥哥奥斯丁向苏求婚时，情感上极为依赖苏的狄小姐甚是感慨，写下这首诗抒情。滚君读这首诗时，想起两句中国古诗词："涉江采芙蓉，兰泽多芳草。"采芙蓉之人采的是相思；狄小姐要涉的这一塘水，是满满的伤感，但以伤感开头的诗，结尾却写得十分励志，狄小姐性情之中的隐忍、内敛，由此可见一斑。

I can wade Grief—

Whole Pools of it—

I' m used to that—

But the least push of Joy

Breaks up my feet—

And I tip—drunken—

Let no Pebble—smile—

'Twas the New Liquor—
That was all!

Power is only Pain—
Stranded, thro' Discipline,
Till Weights—will hang—
Give Balm—to Giants—
And they'll wilt, like Men—
Give Himmaleh—
They'll Carry—Him!

“希望”将羽翼轻扬

“希望”将羽翼轻扬
栖息在，灵魂的港湾

哼一曲无字歌谣

从未停止吟唱

狂风中最甜蜜的歌唱

必定，令风暴难堪

那歌声令鸟鸣黯然

却为众人，带来温暖

那歌声，飘在最寒冷的土地

回响在，最陌生的海洋

但它，从不乞求我施舍

无论，在何种极端

滚君小注：

这首诗，见证了狄小姐丰富的想象力，将“希望”喻为一只歌喉婉转的小鸟，栖息在灵魂深处，生命力强大，无须喂它任何碎屑，竟也能百啭千啼，无论情境如何极端。滚君以为，唯有狄小姐这样内心强大的人，才能在灵魂深处孕育出如此与众不同的“希望”。

"Hope" is the thing with feathers—
That perches in the soul—
And sings the tune without the words—
And never stops—at all—

And sweetest—in the Gale—is heard—
And sore must be the storm—
That could abash the little Bird
That kept so many warm—

I've heard it in the chillest land—
And on the strangest Sea—
Yet, never, in Extremity,
It asked a crumb—of Me.

晚安！是谁熄灭了烛光？

晚安！是谁熄灭了烛光？
是嫉妒的微风，当然
啊朋友，你不知晓
围绕天堂的烛火
天使们，曾久久辛劳
此刻，因为你，它泯灭了光！

或许，它是灯塔的微芒
暗夜行舟的水手
执着的期盼！
或许，它是阑珊烛光
照亮鼓手的路
引他至，更纯净的晨光！

滚君小注：

狄小姐生活的那个年代，照明还靠烛火。读这首诗时，滚君脑海里是这样的画面：某夜，与家人道“晚安”后，狄小姐秉烛上楼，微风过，烛火灭，狄小姐想起自己投给某小编的诗稿被拒，心中戚戚，写下这样一首诗抒情。

Good Night! Which put the Candle out?
A jealous Zephyr—not a doubt—
Ah, friend, you little knew
How long at that celestial wick
The Angels—labored diligent—
Extinguished—now—for you!

It might—have been the lighthouse spark—
Some sailor—rowing in the Dark—
Had importuned to see!
It might—have been the waning lamp
That lit the Drummer from the Camp
To purer Reveille!

无知的孤寂者

无知的孤寂者

流亡在，东方的土地

贸然越过，琥珀色边界

当某个狂欢礼拜日来临

自那时起，紫之城壕

他们努力攀越，却枉费心机

恰如飞鸟，自云端跌落

却兀自寻觅，神圣上苍

曾教习的乐曲

那是，大洋彼岸的某个清晨

当天堂，太过寻常，不值得挂怀

太过确定，无须珍惜！

滚君小注：

英文注解上说，东方的流亡者，指的是被驱逐出伊甸园的所有人，在伊甸园以东的土地上流离失所，远离曾经拥有的幸福。这首诗的最后两句，滚君其实很想言简意赅地译成“当时只道是寻常”，但这样译，整首诗的译法便也得跟着改，想想还是算了。

The lonesome for they know not What—

The Eastern Exiles—be—

Who strayed beyond the Amber line

Some madder Holiday—

And ever since—the purple Moat

They strive to climb—in vain—

As Birds—that tumble from the clouds

Do fumble at the strain—

The Blessed Ether—taught them—

Some Transatlantic Morn—

When Heaven—was too common—to miss—

Too sure—to dote upon!

他束缚我的生命

他束缚我的生命

我听到，搭扣合上

庄严地，别过脸去

我生命的光阴，折起

似贵族般，深思熟虑

将国之事宜，打理

从此，一心一意

漫步在，云际

但我亦不远离，随时待命

关照琐碎事宜

那亦是，我生命的痕迹

偶尔，我也微笑

向屈尊关注我的人群

友好地，请他们光临

但他们的邀约，你却不知

为了谁，我须婉拒？

滚君小注：

读这首诗，滚君真切体会到狄小姐内心的傲慢。英文解读中说，诗中第一句的“他”，指上帝。这样看来，是上帝赋予了狄小姐写诗的能力，从此她超越平庸，成为拥有帝王般尊严的“云族一员”（a member of the cloud）。滚君以为，漫步云端的诗人大多云里雾里的不着调，但狄小姐却是个接地气的，写诗、做家务两不误。最后几句诗，狄小姐大概是想说：“我愿意友好地接待来访者，但却不得不拒绝他们的邀请，因为我得写诗……”当然，这是滚君的白话，狄小姐的表达，从来都是诗意的。

He put the Belt around my life—

I heard the Buckle snap—

And turned away, imperial,

My Lifetime folding up—

Deliberate, as a Duke would do

A Kingdom's Title Deed—

Henceforth, a Dedicated sort—

A Member of the Cloud.

Yet not too far to come at call—

And do the little Toils

That make the Circuit of the Rest—

And deal occasional smiles

To lives that stoop to notice mine—

And kindly ask it in—

Whose invitation, know you not

For Whom I must decline?

主啊，请将我生命系紧

主啊，请将我生命系紧
尔后，我可安心离去！
看一眼将行的马儿
够快！可以一路驰行！

请将我，置于最稳妥一侧
这样，我将永不坠落
因为，我们须奔向最终审判
而部分的路，依山而去

最陡峭的山路，不能阻我前行
汪洋，我亦不介意
在永恒的驰骋中，你将我护紧
这是我的选择，亦是你的旨意

别了，我的往昔

这世界，我曾多么熟悉

替我亲吻那些山丘，只需一次

尔后，我将安心离去！

滚君小注：

英文注解上说，狄小姐在众多诗作中描写过死亡经历，但这一首，最为异想天开。诗中，她视死亡为一段奔向审判日的行程，耶稣是友善的车夫，她请求车夫将她安置在最稳妥的一侧，因为骏马疾驰，山路崎岖。狄小姐甚少出门远行，但在这首诗中，她勇敢地表示，如果一路上耶稣牢牢守护着她，那么，无论出现怎样的困难险阻，她皆不惧。

Tie the Strings to my Life, My Lord,

Then, I am ready to go!

Just a look at the Horses—

Rapid! That will do!

Put me in on the firmest side—
So I shall never fall—
For we must ride to the Judgment—
And it's partly, down Hill—

But never I mind the steepest—
And never I mind the Sea—
Held fast in Everlasting Race—
By my own Choice, and Thee—

Goodbye to the Life I used to live—
And the World I used to know—
And kiss the Hills, for me, just once—
Then—I am ready to go!

我感觉脑海里，在举行一场葬礼

我感觉脑海里，在举行一场葬礼
哀悼者来来去去
不停踩踏，踩踏，直至
知觉，似乎出离

当所有人坐定
悼念仪式，如鼓声骤起
不停敲击，敲击，直到我以为
我的思绪，麻木不已

然后，我听到，灵柩抬起
吱呀声，响彻我魂灵
伴随同样沉重的足音，再一次
宇宙，钟声长鸣

仿佛整个天空，是一只钟
躯体，只是一只耳
而我，和寂静，某种异类
孤单破碎地，留在此地

尔后，理智中的一块板，断裂，
我坠落，坠落
撞击到一个世界，以全力，
尔后，知觉消弭

滚君小注：

滚君读英文注解，发现学者们对这首诗的解读亦有分歧。一种说法是，狄小姐在直接书写死亡和葬礼；另一种说法是，狄小姐在写自己的痛苦。滚君将整首诗一行行地读下来，更认同这诗写的是痛苦至极的感觉，不知是什么令狄小姐这样痛苦，但将自己的痛苦描述得清晰深刻，应该是积攒了莫大的勇气吧？因为这样做，等同于将痛苦重温了一遍。奥登（W. H. Auden）写过一首 ***Stop All the Clocks***（《葬礼蓝调》），亦是写丧礼有感，但与狄小姐这首相比较，滚君以为，他的表达太过循规蹈矩。

I felt a Funeral, in my Brain,
And Mourners to and fro
Kept treading—treading—till it seemed
That Sense was breaking through—

And when they all were seated,
A Service, like a Drum—
Kept treading—treading—till I thought
My Mind was going numb—

And then I heard them lift a Box
And creak across my Soul
With those same Boots of Lead, again,
Then Space—began to toll,

As all the Heavens were a Bell,
And Being, but an Ear,
And I, and Silence, some strange Race

Wrecked, solitary, here—

And then a Plank in Reason, broke,
And I dropped down, and down—
And hit a World, at every plunge,
And Finished knowing—then—

我知道路边，有座宅子孤单

我知道路边，有座宅子孤单
它的模样，让盗贼喜欢
以木为闩
窗台低低
仿佛邀人
往门廊去

两小贼，恰可匍匐前行
一个，递工具
另一个，向屋中觑
确定一切，在睡梦里
守旧的眼
不易惊奇！

多整洁的厨房，在夜色里
唯一只钟，未休憩
但窃贼，可以令嘀嗒声窒息
耗子不会狂吠
四壁不会泄密
没有人，会说出去

一副打开的眼镜，颤了一下
一本年历，将一切知悉
是垫子，眨了一下眼

还是一颗，紧张的星？

月亮滑下楼梯

看是谁，在那里！

一场掠夺，铺陈开

酒杯，或勺子

耳饰或宝石

一只手表，一枚古旧的胸针

与老奶奶一样

酣睡不醒

白昼也有了声音

行窃，渐停

太阳已爬上

第三棵梧桐树

雄鸡惊啼

“是谁在那里？”

远去的火车，回应

嘲笑“哪里”！

那对老夫妻，初醒

以为是旭日，令门微启！

滚君小注：

狄小姐极罕见地写了首稍长的诗，写的竟是两小贼行窃，但这下三烂的行径，经狄小姐一番描摹，不仅有滋有味地不低级了，还添了童话色彩，生动有趣。狄小姐曾在一首诗中为自己画了幅肖像，说自己“半是天真，半是成熟”，滚君以为，确实如此。

I know some lonely Houses off the Road

A Robber'd like the look of—

Wooden barred,

And Windows hanging low,

Inviting to—

A Portico,

Where two could creep—

One—hand the Tools—
The other peep—
To make sure All's Asleep—
Old fashioned eyes—
Not easy to surprise!

How orderly the Kitchen'd look, by night,
With just a Clock—
But they could gag the Tick—
And Mice won't bark—
And so the Walls—don't tell—
None—will—

A pair of Spectacles ajar just stir—
An Almanac's aware—
Was it the Mat—winked,
Or a Nervous Star?
The Moon—slides down the stair,
To see who's there!

There's plunder—where—
Tankard, or Spoon—
Earring—or Stone—
A Watch—Some Ancient Brooch
To match the Grandmama—
Staid sleeping—there—

Day—rattles—too
Stealth's—slow—
The Sun has got as far
As the third Sycamore—
Screams Chanticleer
"Who's there"?

And Echoes—Trains away,
Sneer— "Where"!
While the old Couple, just astir,
Fancy the Sunrise—left the door ajar!

是青铜的颜色，是烈焰

是青铜的颜色，是烈焰

今夜的北方

成色，如此丰盈

如此专注于自我

如此疏离于，惊惧

如此高高在上

宇宙，或我，皆不放在眼里

这态度，令我单纯的魂灵

沾上君王的污迹

直到我，更大度地

阔步于我的茎

鄙视着人类，和氧气

因为，他们的傲慢

我的辉煌，是巡演的马戏团

但那无与伦比的演出

将享誉无数个世纪

而那时，我早已逝去

化身荒草中的岛屿

唯甲壳虫，知我葬身何地

滚君小注：

这首诗第一段，狄小姐写北极光绚丽，顺便鄙视了一下嘲笑她诗作的“人类”。在滚君看来，狄小姐是个灵魂傲慢的人，且傲慢得十分有底气。与绚丽的北极光相比，她说自己的诗作不过是马戏团的演出，但又无与伦比，且必将流芳百世。诗中的“君王”，大概是指掌握了话语权的诗评家们。

Of Bronze—and Blaze—
The North—Tonight—
So adequate—it forms—
So preconcerted with itself—
So distant—to alarms—
And Unconcern so sovereign
To Universe, or me—
Infects my simple spirit
With Taints of Majesty—
Till I take vaster attitudes—
And strut upon my stem—
Disdaining Men, and Oxygen,
For Arrogance of them—

My Splendors, are Menagerie—
But their Competeless Show
Will entertain the Centuries

When I, am long ago,

An Island in dishonored Grass—

Whom none but Beetles—know.

叶秀敏，笔名：滚滚君，简称“滚君”。1970 年生人，毕业于北京国际关系学院英文系。毕业后从军，任职专业技术翻译十六年。2008 年转业至地方。曾出版译作《阿西莫夫逸闻趣事》《弗兰奇寓所粉末之谜》《华生医生的秘密日记》《你随身的瑜伽教练》。近年来，滚君兴趣转向诗歌翻译，纵情文字，闲情偶寄。2015 年出版译诗集《穿越四百年来读你：莎士比亚十四行诗选读 · 爱之隽永》。